暴烈美學的極致書寫，三島由紀夫短篇傑作集

花ざかりの森・憂国——自選短編集

憂國

The Rite Of Love And Death

三島由紀夫——著

劉子倩——譯

目次

繁花盛開的森林

她在森林的繁花中死去
她知道在別處有更翠綠的森林

文人 查爾・柯斐[1]

序卷

自從來到此地，我就渴望隱遁，萌生一種不可思議的蒼老心境。說來此地和我自己，以及我的血緣關係沒有任何牽扯，但是或許有一天會與我自己，以及我今後的血親，產生某種深刻的關聯。抱著這樣的心情，我走上屋子後面長滿青苔的狹小石階，站在除了眺望風景別無用途、長滿雜草占地五坪的高地，我總是在心情平靜的同時，也對來時的方向產生一種鄉愁。面朝這環抱正下方城鎮的山脈逼近而來的港灣，從這裡望去一目瞭然。清晨與傍晚，位於鎮外的港口，會有開往某大都市的汽船駛出，每當汽笛聲響起，從這裡都能清楚聽見那惱人的動靜。到了晚上，綴滿燈光如頂針的船隻，拼命朝海上駛去。可是看著遠方如線香香頭那麼細小的燈光，不得不為那遲緩的速度感到焦躁。

每次回想起來總覺得追憶很無聊。那是僅僅一兩年前的事。當時的我基於某種

1 查爾·柯婁（Guy-Charles Cros, 1842-1888），法國詩人、發明家。

偏見這麼想：追憶只不過是過往生活的空殼子，好吧，姑且就當它有時對未來的成果有益吧，但那也只是屬於已喪失現在的老弱殘兵，云云。熱病般的年輕，往往總會對那種想法一股腦地肯定。但過了一陣子，已輕鬆轉為別的想法了。追憶是「現在」最清純的證據。愛或獻身云云，那種放在現實中過於清純的感情，不可能沒有追憶就將之占有或是追索正確意義。那就像是撥開落葉找到的泉水，這才終於映現晴空。因為當落葉散落在泉水上面時，落葉絕對無法映現晴空。

我們其實有許多祖先。他們有時如同美麗的憧憬住在我們的心中，但是站在令人齒癢、難以企及的距離外的現象也不少。

祖先往往以不可思議的方法與我們邂逅。或許有人懷疑。但這是真的。

假設在一個陽光自樹梢灑落的美好日子，我們拖著拐杖，走近公園柵欄，穿過大門，那是極為悠閒的時光，在不見人影的寬闊場所，往往會想起無比緬懷的事物吧。平時明明沒拿過拐杖，但在不經意隨手拿起的當下，想必會令人驀然想起，在那遙遠往昔，好不容易才獲准碰觸一兩秒的傳家之寶的頭盔。就是在那樣的時候。

遠處的池畔長椅（因池水的反射及樹梢陽光之故，想必正發出刺眼的光芒），某人正規規矩矩端坐著休息。那人倏然把頭轉向這邊。然後不知為何極為快活地站起來，幾乎是用跑的，穿過樹梢陽光朝這邊接近。雖然我們抱著孩子氣的熱心，像是早就料到這一幕似地凝視那個人，但那個親近的人到了某個距離後卻如魚溶入水的碧色，倏然融入樹梢灑落的日光中。——不過，或許從我這段告白，人們會想像那是穿著正式和服褲裝的嚴肅老人。不，或許真有人是這樣想。但，這樣的情況，反而堪稱極為罕有。因為「那個人」，往往一下子是穿西裝的青年，一下子是年輕女子。不過諸位可別因此想太多。他們像是事先說好了，一律打扮得樸素、不起眼、整整齊齊，從很遠的地方就對著我們微笑，彷彿在我們體內有磁石只能引來這樣的微笑。但是那種微笑，很哀愁，流露出一種近似憧憬的熱切……

祖先真正住在我們的內心，究竟是多久以前的事呢？今天，祖先因為我們的心臟被太多東西包圍，無法在其中討個住處。他們看似悲傷，像時鐘般在那周圍不停打轉。殘酷事物及美好事物如此分離的時代，是他們當初做夢也沒想到的。現在，他們對於這宛如天與地初次分開的別離，打從心底哀悼。殘酷的事物不過是具備了粗疏蕪雜的岩石性質。而美感，則是秀麗的奔馬。它曾朝著那大霧瀰漫的清晨天空昂首長嘶，就這樣一直被抑制。唯有那一刻，馬是無垢且無比溫柔的。但是現在，殘酷鬆開了轡繩。馬再無拘束，一再躍起，筆直奔跑。它不再是無垢的。泥濘染髒了肌膚。雖然極為稀有，但是至今，人們多少還是會見到無瑕白馬的幻影。祖先就是在尋求那種人。祖先想必會徐徐住進那種人的內心。在此，非常高貴的共同生活有了開端。

從此，祖先與那人內心的真實比鄰而居。在這眼花繚亂的世界，純屬辯證手段的真實，想必會穿上本來的衣裳。過去怠惰自閉的部分，想必將會找回美好的果敢吧。祖先想必一直在等待，藉由那嶄新的真實，得以成長茁壯。祖先企求的，是被世間最溫和的糧食哺育。那不是積極行動者的姿態。他們永遠不改被動的姿勢。事物的極限——例如晚霞預感夜色的入侵，在畏懼與緊張中，特別生動閃耀的剎那——以本來的面貌保留自我，哪怕多留一秒的「完全」也好，連一丁點瑕疵也不接受——那是消極至極如水緊張的美好瞬間，也是永恆的時刻。

其一

在我出生的老家，深夜經常聽見火車的笛聲。在害怕天花板的木紋嚇得睡不著的孩童聽來，將之稱為噪音未免太細弱，聽來倒像是某種未知的繁華熱鬧。那就像是意想不到的遠方喧囂的都市之夜。可以聽見秋霧彷彿一團白色獸類鑽過小門。它如同無聲的煙火，朝四面八方散開。在那薄霧的彼方，桔梗像麻質被褥的花紋冷清泛白……

孩童拼命試圖鑽進獨自做夢的縫隙。因為在那裡，現實的聲音有夢的姿態。這時汽笛響了——花海的一日彷彿發出笛音掠過的秋嵐。在開始下雪的北方小車站——載著裝有大量青蘋果的箱子以及自遙遠的海洋捕獲的鮭魚，這列火車剛從這個小車站出發（座位之間放著暖爐，載著圍了圍巾的女孩與頭戴罩耳皮帽的老頭子）——對於早開的山茶花村子與成排冒煙的冷清工廠的哀愁不屑一顧，逕自駛去的冷淡火車，立刻浮現心頭。與之重疊的，是黑炭堆的彼方……霧中，部分鐵軌隱約發出白光，巨大的蒸汽火車像是氣喘發作般自那軌道上起動。那霧氣，散發線香的氣味……

父親每次帶小孩去鎮上時都會依小孩的心願在鐵軌旁的柵欄站上片刻。鐵軌對面如同夕陽殘紅的霓虹燈，在黑色背景中如任性的星子旋轉。

一如南國居民每逢大象經過便會歡呼，當電車冷漠經過時，小孩在父親的懷裡又跳又笑一邊不忘拼命拍手……

那時小孩經常夢到電車。有著寬敞脫鞋口與大鐵門以及紅磚圍牆的房子很大，門前有一條深色小徑。在小孩的夢中，電車總是駛經那條小路。那不知何處宛如前世都市的明亮大道……（充斥以水桶潑灑出來似的光亮）……沒有乘客也沒有司機的電車筆直開往黑暗的小徑。小孩分明聽見鐵軌傾軋如病人磨牙的聲音。黑暗像帳篷般張開，電車車窗亮起空虛燈光的周圍，不停旋轉著冒出五彩火花，那如同鐵皮玩具的火花，有紅綠相間的星星晃動。與玩具火車一模一樣的古老市內電車，從門前（電車不可能經過的小路），發出悅耳的聲音駛過。……小孩豎耳靜聽。已經聽不見了。夜行列車又響起遙遠的汽笛聲。但是剛剛以驚人氣勢駛出的市內電車，如流星劃過房子左邊的坡道，在那反作用力下，這個時候，想必它正筆直彎過入夜上燈後關起黃色紙門的防火台邊角。小孩不知幾時已經清醒了。柱鐘的秒針發出結巴的微漣聲。好一陣子，屋內的擺設看似不知名的高貴物品。時鐘響了。對那聲音的注意，讓小孩又再次回到夢中……

站在這堅固的鐵門前，想像門內的生活，人人必然都會感到強烈的反感。只能窺見唐草花紋的鐵門牢牢圈起的前院與鬼瓦[2]般的玄關。有玄關的那棟房子對著站在大門口的人，挑起傲慢的、幾乎是宿命性的爭論。紅磚牆遮住大宅內部的一切，就連花香與高亢的笑聲，都吸收到那潮濕之中。

父親平時不在主屋。寬敞的三棟溫室旁，聳立著形似草廬的小屋。主屋與那棟小屋之間，是一整片遼闊如汪洋的花海、菜園，還有種了葡萄與梨子等水果的果園。到了夏天，葡萄園的上方總有蜜蜂如雲聚集。即便有人走近，蜜蜂也仍不動地停在葡萄的大葉子上。我看見園子彼方有耀眼的夏雲堆起，使得蜜蜂的翅膀與絨毛如尖銳的金針發亮，同樣是金色的巨眼中，可愛的夏雲漸漸擴散……

主屋住著祖母與母親。我雖年幼也對父母分居感到疑惑，晚上，祖母疼累了終於睡著，我也發出鼾聲時（其實不時睜開眼偷窺母親的動靜），母親會穿上院子裡的木屐，在果園明亮的月夜下，拖著長及這邊的影子，匆匆趕往父親住的小屋。那種時候——這或許是不好的神經——我反而有點開心，望著母親毫無察覺的背影，甚至滿腦子只有憐憫的心情，決定姑且安分地不吭聲。祖母有神經痛，經常會痙

2 鬼瓦，裝飾在屋頂的瓦片，除了鬼面也有獸面或蓮花圖案。

攣。就像中邪似地，難纏的痙攣突然發作。每當她發出那低沉的呻吟，在病房的小擺設、菸灰缸及藥櫃還有香爐這些東西的上方，痙攣就像無形的波動漸漸高漲。於是在一瞬間，整間屋子充斥麻痺般的緊張，等那個如山嵐霧氣迅速退去後，這次，整個室內，香爐及小盒子還有藥罐等，同樣充斥那沉痛的呻吟。房間本身的這種呻吟與尖叫，當事人肯定沒有料到。但是，痙攣持續一整天，有時甚至連續好幾晚後，開始出現更明顯的徵兆。那就是「病氣」已移至我家。

「能否替我倒藥水？小寶。」祖母以剛睡醒的聲音說。那種聲音只有衰老的喉嚨才會發出，是柔和的、宛如飛白的墨跡、甚至帶有鄉愁的發音。但是，因為試圖擺出勉強的姿勢，之後遂又不斷呻吟。祖母總是用高腳的葡萄酒杯喝藥水。我將雙膝乖乖併攏，對這重大任務有點緊張，一邊拿起藥水瓶。至今，我仍記得軟木塞做的瓶栓從它的崗位脫離——解脫束縛的瞬間，發出突兀乾扁的、想來似乎帶有某種預兆的奇妙聲音。開瓶後，我舉起裝有深葡萄酒色藥水的瓶子，輕輕注入杯中。至今我仍記得，基於杯子只能盛裝少許分量的經驗，那緩慢的動作，明明應該是無意識之下做出的，但彼時我卻感到異樣的不安。——液體尚未流出，好似瓶中有什麼同色的障礙物。我對著日光靜靜晃動瓶子。裡面什麼也沒有。我再次傾倒瓶子。還是沒有流出。我驀然察覺。傾斜到一定的角度後，我的手腕骨就會像器械一樣固定。彷彿裝了鉸鏈讓人無法把門拉得更開。我認為那是一種迷信。我覺得很荒謬。但是，反而開始難以抑制地緊張激動。這次手抖得很危險，無法輕易傾倒瓶子。這時，我眼看著瓶中有一隻「病氣」。它非常矮小，將下巴枕在併攏的雙膝上，似乎對洗滌自己身體的藥海渾不在意。

我跑去主屋盡頭的每個舊房間，觀看頭盔和鎧甲還有如同黑毛粗腿的大刀。回程。女僕在通往廚房的走廊與我分開，她一邊說「前面已不用害怕」一邊逕自往另一頭走掉了。其實接下來才是我最害怕的。但我不好意思說，每次只能對她投以不知算是哀求還是什麼的眼神。但女僕就是不肯回頭。祖母的房間在三、四間房間之外。走廊只有一條。轉角有三個。——我嚇得發抖，就像白天明亮的風吹過陰暗的走廊，我快步奔跑而過。結果，在每個轉角與（必然會有一人的）「病氣」相遇。而且它行色匆匆。個子比我還高。有的沒有臉，也有的有臉。有臉的其中一個——它不停在笑。它肯定是還與「死亡」不親近的「病氣」。它一定會繞過一些路後朝更接近「死亡」的「病氣」之處而去。某日我的右手小指不經意碰觸了一下那滑溜的無形之物。那天，我只要一有空就拼命搓洗那根手指。洗得過度甚至令指尖腫脹發疼，連以往沒注意過的指紋，都變得異樣清潔，明顯可見。那指紋，令我想起房間天花板的木紋，以及「病氣」常用的象形文字。

母親是個性很頑固的女人。她從不反省自己的言行。就像蜜蜂從不回顧自己飛來的方向。但蜜蜂絕不會弄錯回巢的路線。母親卻經常出錯甚至令旁人懷疑她的智商。所以她沒有真正意義上的追憶。她的思緒若要追溯以往需要太多藉口。——她想必在母性方面沒有欠缺之處。但她是「當世」的女人。她也同樣沒聽過，那種美和殘酷的黯然別離、令親生父母感觸良深的輓歌。

在母親的身上，我看到了高貴事物的末端，亮麗妝點著永不枯乾的人造葉片——雖然衰頹卻仍洋溢著無可奈何的意欲，那是一種多少帶有美式風格的典型。不管怎樣，那肯定是一種衰頹吧。但那未免也太適合更頑強、生動繁榮的面具了。她並不知道充斥自己內心的真正矜持已敗露。母親早已拋開貴族之眼。她用借來的中產階級眼鏡稍微耍弄了一下那個。但，這副眼鏡純粹是借來的。母親從那樣的敗露，只看到「虛榮心」三字。虛榮心——直到不久以前日本尚無此種卑賤的字眼。我認為那是美國話……而母親，從此在一切事物看到「虛榮」的幻影。這個幻影，用最卑劣、可恨的殘忍方式，抹殺了高貴的事物。母親不是以嚴苛的眼光看待虛榮，而是直到最後都以嚴苛的眼光指摘虛榮。虛榮本身只有天真的目光。而且那種厚臉皮輕易凌駕於一切對高貴的嚴苛目光。

「我在做正確的事——理所當然的事，無論被誰看見、被怎麼批評都無所謂……」這是母親的口頭禪，但真正的矜持怎麼可能說得出這種話？這種暴露主義與獨斷獨行，什麼時候開始有了「正當的」位置？毋庸贅言，是始自那別離之日——輓歌之日。真正的矜持並不強悍。它像嫩葉一樣膽怯。那樣的缺乏自信與確信，或許又會被人指責。但高貴的事物是強悍的，換言之是出自世上最小，也最美的事物。確信與自信這種不純的東西絕不可能包含其中。

母親勝過父親。

父親——（他將一生獻給各種植物的品種改良與稀有生物的飼育，組織了形形色色的閒人協會）——對母親沒有不滿與憤怒。因為他輸了。

秋天的某一日，我看到這樣的父親。父親在數名園丁的簇擁下，在泛黃、淡青色的田野中，仰天佇立良久。父親的身影，看來甚至是弱不禁風且貧弱的，但在豐淳似酒的秋陽下，彷彿飛鳥時代[3]的古老佛像。那一刻，美好如紫色布幕的無垠秋日晴空中，我倏然瞥見我家巨大的徽章。

其二

我知道我的憧憬所在。憧憬就像河流。並不是河流的任何部分皆可叫做河流。因為河水會流動。昨日還是河的地方今天已不再是河，但河永遠存在。人們可以如此指稱。關於那個我無法談論。我的憧憬就像這樣。祖先們的亦然。難得的是我分別擁有武士與貴族世家的祖先。無論去哪一方的故鄉時，從我們的列車上，總可看見美麗的河流若隱若現，彷彿在無比風雅地守護著我們的旅程。啊啊，那條河。我可以理解那個。祖先傳遞給我的這個默契。那種憧憬在某處消聲匿跡、在某處潛藏。但它並未死去。一如舊籬笆的玫瑰，今日仍活著。在祖母與母親的身上，那條河流過地下。在父親的身上，它成了清淺小溪。至於在我身上——啊啊，它不變成滔滔大河還能變成什麼？宛如斜紋織品，宛如神的祝歌。

祖母死後，我從舊箱子找出了熙明夫人的日記數帖，以及老舊的家藏本聖經。

聖經裝在螺鈿鑲嵌的漆質文具盒，以織錦包裹。日記共有五帖。以小松圖案與銀粉裝幀內頁。第一頁，有某位聖人題字的兩三行聖句。聖人生於西班牙，是在南方某殖民地長大的。那種異國文字，我無法判讀。但那發音，不得不令人想到古老的玻璃互相摩擦撞擊時，那種透明清脆的聲響。

夫人是我們的遠祖。她是狂熱的天主教徒。她的丈夫也是。她丈夫的城堡在南國的某個海口附近。一如我現在住的這個冷清住處。

夫人的日記並沒有明確的日期。有時在五月的記載之後一下子跳到八月。也有時在八月十日之後的十六日，竟是十一月的十六日。當然也有的地方根本沒有注明日期。因為她的丈夫體弱多病，她光是伺候丈夫已不得安寧。還有那瀰漫每座城堡，帶有青蔥色、紫金色、灰色各種光線的空氣，必然也會磨滅她那順從的時間。

某個夏日，她的日記是這麼寫的。

那天，中午快一點時，她的丈夫正安詳入睡。安靜的病房裡，一切都睡著了，

3 飛鳥時代，西元六世紀末至七世紀，以奈良南部的飛鳥地區為國都的時代。

包括屏風上的寒山拾得[4]，漆器與蒔繪[5]的家具擺設，鮮豔的榻榻米邊緣，乃至在城主的被褥旁，隱約守望著他的「病氣」。……夫人在這樣的短暫片刻，暫時遠離了沉痛悲切的看護工作。她吩咐隨從好好守著，自己穿過陰暗冰涼的走廊，從上方照射下來的光線使走廊的一部分擁有些許的明亮，當夫人仰望那上方時彷彿可窺見自天上灑落的光明，她沿著那樓梯發出冰冷的足音走上去。

她倚著瞭望台的欄杆時，這才看見季節的模樣與季節的溫度。常年無人使用令柱子與牆壁已布滿塵埃，在太陽的熾烈照射下，甚至連那種東西都產生新鮮的韻味。城堡的遠遠下方隱約可見城門，從那裡開始是徐緩傾斜的市鎮——洪水時，種種碎片一同擠滿狹小的道路，好似要往某處狂奔——整片櫛比鱗次的黑色低矮屋頂，以同樣的傾斜一路向下直達海邊。有屋頂的地方在烈日下像漆器般發亮，市鎮外圍是黝黑的松林連綿不絕。更遠處可見暗沉的平靜大海。海上霧靄沉沉看不見水平線。唯有那一帶，如同潮濕的沙地層層交疊，雨雲定定籠罩。也許是錯覺，夫人似乎從那裡，聽見遠雷的轟隆聲。想到自己這憂鬱的心情，似乎原封不動映現在那雨雲上，她怕那憂鬱與雨雲會一同擴散，或許是因此令夫人的目光自眼前的風景轉開。她離開欄杆，走向對面的欄杆。城堡位於整片山脈的山腹，因此欄杆的正面對著柔和的青山。正面的山有點遠，但右手邊如小丘的山，像要親熱靠近似地逼來。

眼下的重重白牆與格狀磚牆，顯眼地環繞。樹林蔥鬱蓬勃，綴滿綠葉的櫻樹之間嗡嗡響徹蟬鳴。整片山的綠意，以暗沉的色調與葉子的光亮形成微妙的和諧。山頂那一帶，彷彿有風鼓噪，樹林的光亮喧鬧地散落。凹陷如壁架的山腹某處樹木稀少，因此，連草木枝幹都發出耀眼的光芒。明亮的草木之間點綴的純潔白色，似乎是百合花。微醺的風吹過。發亮的依舊發亮，彷彿天上的瞬間，靜止不動。空氣澄澈，唯有這時，不知名遠方的朦朧群山乃至淺青色海面的遠方，似乎都垂手可及。好像可觸及一切似地奇妙的驕傲情懷，在靜謐中緩緩燃起。夫人那憔悴蒼白的臉孔，這時分明浮現了前所未有的煥然喜色。那宛如高級絲織被褥般柔軟的右手，或許正在輕觸胸前掛的銀色十字架。那樣的動作，也許為她自身帶來超自然的喜悅。

她想起。那是丈夫還硬朗的去年春日，曾與侍女們在那山凹處採摘嫩山菜。她想起當時嫩草剛萌芽，浮現纖細葉脈的草葉難以形容地稚嫩柔軟。摘著嫩苗來到那

4 寒山拾得，寒山與拾得二人皆為唐代中期的高僧，舉止奇矯，因此常被後世當作禪畫的題材。
5 蒔繪，在器物表面以漆繪出圖案，再以金、銀粉或色粉鑲嵌著色的漆器工藝。

山凹後，只見一條如要稱為瀑布卻未免太過細小的溪澗流過，山凹上開滿美麗的花朵，明明已確定那裡有汩汩流出的山泉，道路的危險卻令人只好悵然折返的那一天。——這樣的回憶越發強烈，令她凝視山凹。山凹的形狀就像是佛龕。

這樣的凝視，不知不覺中含有哀婉的希冀。聖潔的、彷彿會轉眼消失的願望不一定是脆弱的，哪怕那是當事人自己都沒發覺的心願。那樣的希冀，或許會在某種契機下打動神的意志。心願與美麗的拍翅一同，朝那目的翱翔，為了準備可能發生的奇蹟。

就在那樣的時刻。夫人在那百合花苞叢中，看見同樣閃閃發亮的白色物體。好像是樹幹，卻柔軟地隨風擺動。定睛一看（在心願的作用下），那似乎很近。夏日一成不變地來臨。蟬鳴陣陣，從青翠的谷地至丘陵頂上的茂密森林，一切都閃閃發出暖光。她想看得更清楚，眨著眼注視那發光的物體。雖然模糊，但那似乎是個烏亮長髮及地的女人。好像穿著下擺很長的白衣。在那耀眼的白色不遠處，同樣有白色光點，或許是那女人手裡拿著一朵百合吧。別說是這一帶了，就算在都城也見不到如此異樣、而且衣著高貴的女人，因此夫人的注意力還放在那容貌上，來不及發現裝束的特異……

她很疑惑不解。看似陌生人又似親近的人，總覺得好像在哪兒見過一次。當然面貌模糊。因為那只是倏然閃過腦海。

忽然在光線下瞥見那個女人胸前有更加閃亮的東西。某種直覺擊中夫人。這時夫人覺得女人的臉上，似乎微微露出笑容，眼也不眨地凝視這邊。

夫人感到一陣暈眩。下一瞬間，夫人在那山凹處，已經什麼都看不見了。痛楚的後悔，靜靜在她的心頭擴散。啊啊，那是十字架。母親胸前掛的是十字架。夫人伸手碰觸自己胸前的十字。她看到四下閃爍的耀眼日光，並且試著想像當那人從那種地方看過來時，自己在對方眼中的形象。然後與那個婦人的影像重疊。傲氣令她顫抖。她想跪下。可是，某種東西支撐她讓她尚不至如此。一切如夢。現在她的心裡沒有天上的榮耀，也沒有「良知」的喜悅。感動包圍了她。感動本身沒有歡喜亦無悲愁。那是一種生命力。她在想，人在某一刻原來可以那樣看盡一切。那是可怕的，卻也是值得感激的美事。縱然看盡一切，在那瞬間也收不到任何意義。最後心中醞釀的，想必會極為緩慢地，在「所見之物」的表面滲入意義。但是夫人憂懼那個意義或許與真正的意義早已差了十萬八千里，成了無緣的意義。漸漸地，她開始後悔只專注觀看的那一瞬間。啊啊，我應該從一開始就閉上眼專心祈禱才對。當時真正的意義想必會以清淨無垢的姿態徹底映現。喜悅再次轉為那種悔恨。每次這樣轉變時，她的身體便因種種思緒而鼓漲，猶如扯滿風的船帆，因著喜悅，因著悔恨，也因著種種其他思緒。最後夫人終於跪倒。於是祈禱像鴿子朝四面八方飛去。祈禱必須是生命力的流露。她已非人體。她的生命力現在是她自己。祈禱許久後身體變得僵硬，如同剛剛醒來的孩童，夫人深感畏懼地環視四周。於是，她發現那片雨雲已急速覆蓋瞭望台的上方。她茫然眺望那轉眼染上薄墨色的風景。耳畔似乎有人在小聲唱歌，她轉頭一看，只見那裡有一隻蜜蜂懶洋洋地飛舞。對面屋簷下有個大蜂窩，她這時才發現，以白濛濛的海面為背景，蜜蜂們正在那蜂窩周圍聚集……

這天的日記，夫人下筆如飛。激動得甚至有幾行字潦草不堪。翻閱其他日子的日記，毋寧是以冷漠的筆調寫文章，唯獨這日，文章似乎不是她自己寫的。唯獨這日……這一頁似乎怒放著那種「小小的花朵」。

她似乎只把這個奇蹟告訴那位聖人。聖人並未將之作為傳教的工具。就這點而言，誠屬罕見的德高之人。

夫人看到的究竟是什麼呢？那在長年來，成為我的課題。仔細想想，那或許是唯有在走投無路時，憧憬才會採取的美妙手段。憧憬從以前就一直在夫人的內心成長。她的祖先在她內心早已播下難以企及的憧憬種子。它長成嫩葉，日漸茁壯。因為夫人有一顆舉世最溫柔高貴的心。作為「崇高的母親」顯現的一個補充，嫩葉的花蕾如今洋溢生命正要綻放。

開花是生命的誕生。睡蓮綻放時，濃霧瀰漫的池中魚兒沉睡，寬闊的圓形葉片上想必也有青色透明的小飛蟲正要安眠。睡蓮綻放的聲音可能誰也沒聽見。但那個聲音或許支撐著款款移動的花，同時像鐘聲一樣響徹群山直至遠方的鄉里。人們或許以為，那是雞舍的雞在拍翅。實際上，那可能的確是一個新生命在乍見晴空的剎那，發出潛藏已久的第一聲哭泣。人們或許一輩子都深信那是呱呱墜地的哭聲，在撫養長大的孩子身上看到唯一的確證。那個孩子的父親，或者祖父……聽到那個聲音的人，或許這時才懂得生命真正的意義。那時人們將會再次越過幾座山河聽見睡蓮開花的聲音。

夫人爬上高樓，藉由正欲綻放的花朵之力。開花已如此準備就緒了。

開花的憧憬，等於是朝著那神聖的幻影砸去。如果沒有砸到，那個婦人想必將永不出現，因此或也將永不消失。想必會永保不鮮明的模糊色彩，長存在夫人的內心。正因如此，那個婦人的微笑，帶有一種可疑的、不可告人的東西。危機往往會令人的嘴唇浮現那種神祕的微笑。幻影婦人以驚人的速度接近了。為了躲避不可迴避的深奧。但，霎時之間她消失了——不！那個危機或許反而是熙明夫人的。夫人也許就像昔日高僧在瞬間窺見地獄的實景，也窺見了天與地顛倒的景像。因為，由於生命力難得冒此危險，又過了半年左右她就回歸天家永遠安息了。

其三（上）

平安朝出現衰亡的徵兆，鶴林[6]也一再茂盛。最後連莊園[7]不平靜的傳言也傳遍了下人之間。這個故事就是在這樣的時代寫成的。那是獻給我的某位遠祖，一位地位崇高的殿上人[8]。那一卷，至今仍深藏在我家的倉庫中。翻閱此書時，我感到在作者那舉世罕見的熱情，以及我的某個血統特徵之間，有著極為相近的類似。只因此書與我家一族長年同住——僅只是這樣，或許便已與我的血統有密不可分的緣分了。這個故事的作者本就不是高貴的女人。與我的家譜直到最後都沒有任何關聯。但她卻與我的那位祖先一直私下幽會。男方也在某年夏天，趁著某些夜晚悄悄造訪女人。故事就是從當時的那段回想寫起。女人熱情如火，郎心卻已冷淡。但關係仍藕斷絲連並未徹底斷絕。女人曾在宮中伺候——當然並非什麼了不得的職位——基於當時的經驗，她的言談舉止之間總帶有高雅的影子。隨著夜裡私會次數的增加，她擅自經營，將閨房妝點得高雅美麗顯得特別嫻靜，再加上宮女恰到好處的恭謹態度，想必也有助於平息男人的不耐。

話說這個女人另外有個自幼青梅竹馬的男人。不久前已落髮在靠近都城的山寺修行。每當他的煩惱難以抑制越發激烈時，便會不惜大費周章使盡各種方法一再寫信給女人。那位殿上人的冷漠，等到季節來到寒涼的秋天時，已令女人漸漸將芳心轉移至青梅竹馬的僧侶身上。

---

6 鶴林，傳說中沙羅雙樹因悲痛佛滅而枯萎，變得像鶴一樣白，因此隱喻釋迦牟尼佛的死。
7 莊園，此指奈良時代至戰國時代，中央貴族與寺院名下擁有的大片土地。
8 殿上人，有資格入殿在天皇身邊伺候的貴族。

至於她變心的動機，想必多少帶有對殿上人的報復與鬥氣的心態。不過即便如此，要她立刻對以前素來不假辭色的男人撒嬌，終究是自負心難以容許的。但是坦白說，她也害怕對雙方都放手的結果。這種種心情，帶給女人古典式的困惑與悲嘆。

故事就從這樣的敘述開始，以接下來的這段描寫告終。女人派人將這個故事自某尼庵送出，刻意以物語的敘事形式做行狀的告白，獻給或許已忘記自己的貴人，企圖藉以懺悔與謝罪的心態背後，或許多少也含有只要是當宮女時模仿過那股文學熱的人就絕對無法一笑置之的東西。

「明月夜，正是不適合做此大膽之舉的明證。……女人在山寺附近小山坡的松樹下痴痴等候。四周傳來山泉的潺潺水聲。清水不斷湧出。細如粉末的水花，就像水做的煙火四處噴濺，灑落在周遭的胡枝子上。女人憐憫地看著螢火蟲在草叢的葉子末端發出微光流連不去。她不認為那隻螢火蟲正『心焦如焚』。在外力強迫下一逕虔誠地守護自己的內心亮起的明燈……她隱約感到，應是那樣順從溫馴的一生才對。卻絲毫不知有一天自己也會度過類似那樣的生涯……

之後那邊的大松樹，明顯有個彎著身子的人影滑下來。男人壓低嗓門，四下留意，顫抖著抵達。女人毋寧是以不耐煩的強硬目光，看著男人顫抖的臉孔。……不過他將要犯下的是麻煩的修道僧人潛逃的大罪，也難怪男人會緊張。

二人沿著河岸，一路遠遠逃離了都城。河岸長滿雜草，在珠光香青與螢草之類的夏草叢生處，露水很潮濕。微微離開草葉的螢火蟲，之後漸去漸遠終於混入滿天星斗。……男人說，接下來要去投靠某位遠親伯父，在那裡整理儀容後，再奔往紀伊[9]的故鄉。女人點頭同意。在女人看來那是男人的任性。但現在既已依賴一個男人，除了閉緊嘴巴別無他法。

隨著不斷往上游走，水聲越來越響。女人漸漸變得順服。和之前相反，變成是男人強勢出頭，女人溫順跟從。

『啊啊，那是多麼可怕的聲音。』

『不不不，海絕不是那樣的……』男人只是如此回答。

9 紀伊，舊稱，相當於現在的和歌山縣全域及三重縣的一部分。

離開伯父家之後啟程前往紀伊時，男人與女人的地位已和在京時完全顛倒。女人變得溫柔，打從心底託付給男人、依賴男人。當初那些傲慢的回信似乎已被她拋諸腦後。

『海？海是什麼樣的呢？我有生以來還沒見過那麼可怕的東西。』

『海就只是海，不是嗎？』男人說著笑了。

——抵達男人位於紀伊海濱的故鄉時，到處都已染上秋色。他們是在深夜抵達的，接下來的兩三天，女人任由海潮騷動心頭就這麼躺著，不肯打開紙拉門。

第四天早上，女人終於下定決心。為了避免被人看出她的驚慌失措，她特地選擇丈夫不在時獨自去海邊。走出家門後只見大海就像細緻柔滑的絲綢閃閃發亮。但是洶湧的浪濤聲直達腳下。她蒙著臉朝海邊奔去。海風吹過耳畔，浪濤聲越來越響。當腳底感受到乾燥的熱沙時，她不禁全身顫抖。女人放下蒙臉的雙手。

遼闊的海景，就像當然之物放在當然之處似地一望無垠。天空晴朗，浮現如繪畫中的雲朵那般散發金光的雲彩。還帶著嫩綠色的海岬，如優雅的手臂在右邊伸展。女人第一次看到大海不禁為之心動。一如強烈的打擊其實難得立刻伴隨痛楚，女人在霎時之間，發現與預期的恐懼截然不同之物。心頭霍然一驚時，大海神已住進女人的心中。就像是被殺的前一秒，雖意識到會被殺同時卻又有不可思議的恍惚，女人就是處於那種恍惚中。雖有明確的預感但預感沒有影響現在的意義。那是美好孤立的現在。在絕緣的世間亦有聖潔的片刻。在那裡擺出無上的被動姿勢。過去是主動的，今後應該也是主動的，但這不是沉淪的被動還能是什麼？伴隨沉淪的清純恍惚，它接納所有的一切，卻又不沾染一切。說來應是類似『母親』胸懷的模樣吧。不知從何而來的寬大胸懷，被包覆的恍惚，但女人立刻跳出這樣的狀態。

難以承受的重量與畏懼撲面而來。大海開始在自己的內心蔓延晃蕩。彷彿是自己在自己身上放了一個水罈般的大甕。

一跑回家，女人就顫抖著將浸染海風的被子蒙到頭上。

從那天起女人的心境有了變化。在那個從昔日的窮酸僧侶搖身變成今日猛男的男人身上，她曾一度感到的可靠與勇猛與信賴，也漸漸冷卻了。若是還對無助的修行僧姿態抱有冷淡與優越感的話倒也罷了，問題是現在的情況很怪異。男人困惑了。見她躺著說大海很可怕，如果男人出聲安撫，她就會突然變得態度強硬還頂嘴。既然如此，直接對丈夫吐露心聲不就好了，但她不僅不『吐露心聲』，甚至絲毫看不出倚賴的樣子。才見她這樣，緊接著已驀然跑到海邊茫然眺望海上的行船久久佇立不去。最後，她總是臉色慘白怏怏而返。

漸漸地，丈夫與妻子在言談舉止之間都帶有難以形容的惡意。當她關緊紙門縮成一團刻意不去看海時，男人會忽然闖進來粗魯地大放厥詞。女人淚濕衣袖的日子，就這樣越來越多。而且即使男人主動妥協對她說話時，她也只是蹙眉不停謾罵。

春天再度來臨時，女人獨自悄悄溜出，返回京都。不知是因為再也受不了對海的恐懼？或是因為厭倦了男人？至少絕對不是因為怕了男人。進了京她就削髮為尼。在那裡利用讀經的餘暇寫成的故事就是此書。在結尾的地方，女人如此抒發感想：

『去時的路上，對男人感到的異常畏懼與信賴，如今看來或許是早已把男人本身當成了海神。也許在男人的外貌與男人的一言一行，都看到了海的風貌。』」

女人回想過去寫成的故事到此結束了。但是，在這裡，基於我從遠祖的系譜自行發現的某種默契，我打算加上個人的小小詮釋，因為，「早已在男人身上看到」的海的風貌，只有在終於看到海之後才能把她的感情回歸大海，或者說男人失去扮演海的象徵後的那種空虛，讓我在這種種事象之間不得不感到一種記號。

——換言之——

「思考良久後想到的是，對海的畏懼或許是憧憬的變形。那種憧憬就像木頭在漫長的歲月中被深埋在無意識的土壤中遭到掩藏壓抑，於是不知不覺採取了畏懼的形式。正如被關起來的活潑孩童會漸漸變成內向木訥的孩子。但那樣的畏懼與一般粗雜俗氣的『畏懼』是不相容的。人的現世肉身可以被激烈動搖，卻絕不會造成傷害。或許反倒是在嚴厲的斥責下，才會讓人心漸漸養成一種極端的畏懼？或許是畏懼令人心產生被動的形式，賦予一種迅速美妙地振作起來的餘地，才會產生某種不可思議的『力量』，把人往無法衡量的無形的——『神』——『更高貴者』意圖的場所拉去？不過說穿了，那與憧憬的作用應是完全相同。

看到這個故事的人，若能試著摸索箇中徵兆應會興味盎然。因為真正的畏懼與憧憬的假象不同之處，想必已明顯表露其中。

因為畏懼大海而終日顫抖臥床，而且不給丈夫絲毫信賴的女人，當時到底是靠什麼忍受下來的呢？顯然，女人對畏懼的大海付出了全部信賴，一心抓住那袖子不放。二種畏懼的差距由此可見。」

之後，海與我的家族的緣分，還有一個例證……

其三（下）

這裡有一張照片。是貼在硬紙板上的橢圓形照片。周圍以燙金唐草花紋及花體字寫出照相館的名稱。……這是祖母的叔母的溫柔遺照。

照片已如押花般褪色。歲月的緩慢消逝，以及強烈的過往夏日陽光都藏在那深處……

照片上是一名年輕的夫人。粉紅色的層層舞衣，以及花籃般圓鼓鼓伸展開來的鯨骨裙（裙下露出一點點銀色的舞鞋鞋尖），但是……

夫人柔軟的雙腳腳底（透過單薄的鞋子），遲疑地踩踏的，是整片榻榻米中央鋪的小塊波斯地毯。夫人的周圍環繞的，是光琳[10]畫風的六雙屏風。竹林七賢圖的紙門。或者，是在漫長的微光中，如同疲憊者特有的犀利目光，泛著光澤的老舊擺設……

毋庸贅言，這些模糊的物件，光看照片看不出任何名堂。祖母每次拿著這張照片總會緬懷著，啊呀那裡曾有什麼東西、這裡以前又是怎樣的云云，讓我彷彿也身歷其境。

祖母告訴我，那是終究未能用到的祖先的佛堂……

兒時，夫人曾偶然瞥見大海。那溢滿心頭的大海在她幼小的心靈緩緩發酵。幾年後，她對海的憧憬沸騰。那是她無法主動挽留的一種「生物」。她的家庭是貴族世家，到了六、七歲還沒機會去看海。對海驚鴻一瞥雖是在幼時，但正因是還不太會走路的年紀，那宛如不知名的深藍色寶石般的回憶在心頭模糊地閃閃發亮。

「去哪兒才會看到海？海很遠。該搭乘什麼才能去海邊？」

10 尾形光琳（1658-1716），江戶中期畫家、工藝家。創立後世稱為「琳派」的裝飾性畫風。

勤王派[11]的兄長當時很失意，在青春歲月容易陷入的絕望中，懷著灰暗的心情日漸憔悴。

「海那種東西，去哪都不可能有。就算去了海邊說不定也沒有……這種事妳是不會懂的。」兄長如此回答後，不知為何只是落寞一笑，她卻捉摸不透那番話的真意……

等她成為少女，一家搬到東京時，旅途曾經過海邊。少女很想永遠留下，只能認真打量夕陽如熔岩流遍整個海面，看著海鳥發出悲哀的叫聲飛去。

從那時起少女就不再感到看海可以滿足心靈。唯有亡兄那番不可思議的話，就像掠過耳畔的清風氣息，混入遠方草叢後才能夠聞到，現在她似乎終於懵懂明白了。憧憬大約就像蛇一樣會蛻皮吧。唯有那種期間，可以窺知彷彿某種病態的憧憬有多重，得以停留在如水一般的清淨平和之中。但若說看海已不再有喜悅云云，那是絕無此事。

蛇結束蛻皮後，對海的期盼已轉向別處。在縹緲柔軟的蛻皮之後，還有更明顯、躍動的憧憬在等著。海的彼方浮現可疑的島影，島上住著衣衫色彩驚人的人種，刺激如硫酸雨的陽光不斷灑落。孔雀與鸚鵡嬉戲……低調的宗教，不為人知的儀式盛行的王國……那種種幻影令她的心口疼痛。要去熱帶就必須先去海上。對海的憧憬也因此不得消失……

父親有段時間涉及外交工作，因此西方諸國的人們出入她家亦不足為奇，但是對於身穿白色亞麻西服，頭戴禮帽上門來的這種異國人，以及他們當作伴手禮帶來的巨大「椰子」及寫有南國英文說明的相片集，她不禁投以莫名的懷念眼神……有時就像在看故鄉的風物……有時像在定睛凝視自己的內在……她總是以那種眼神注視。但，不消說，懷念並非針對那個人本身。是對這種衣裝及伴手禮的「心情」……君臨在那「人」與物品之上，就像佛光普照，所及之處皆緩緩與之相似，帶有藥品般的作用……僅僅只是對那個的懷念。——這樣的夏陽，如水光從容灑落時，她在熱帶的幻想中忘了自己。（夕陽灑落。透過某扇窗子掛的蕾絲窗簾，自許多搖曳的樹葉篩過，哭泣時可以看見那無數堆疊的薄鏡片——如水沫錯綜形成無數的小圓點，北歐風格的抱枕或扶手椅的麻質布套，看似清涼的暖爐裝飾大理石，皆有異常隨興的夕陽灑落。一如火燄的晃動，瞬間照亮室內，然後再次暗淡……）

11 勤王派，江戶末期的佐幕與倒幕運動中，效忠天皇企圖讓天皇親政的人。

就這樣，她的憧憬漸強，是她主動增強的。討厭的夏天也能如此一心等待了。因為，對大海與熱帶的憧憬，主要出現在夏日的早晨，或者傍晚前芳醇如果實的時刻。她一心只有憧憬。或許那堪稱是無我的堅定。而無我不論在任何情況，永遠摒除他人，換個說法等於是不得不抹消壓制「他」之中存在的「我」。消除自我時，那裡，反而又會激烈湧現那生猛得詭異的生命。

當時幾乎完全沒有「避暑」這種習慣，因此往年夏天從不會去看海，令夫人心有不足，她絲毫沒有察覺，自己在丈夫的身上感受不到滿足，是因為丈夫的內在缺乏像「夏天」那種可以讓自己憧憬的對象……

那張華麗的照片拍到的就是那樣的某個夏日。那是雷雨的夜晚。閃電就像被石頭打破的水缸裂痕，忽然迅速劃過。丟石頭的聲音反而在之後才跟著響起，照亮夫人家寬敞的客廳。丈夫一直坐在西式客廳的中央等候夫人。夫人打開有洛可可風雕刻的房門，穿著之前描述的那身裝扮進來了。

「攝影師應該馬上會來，妳要在這個房間拍照吧？」

「誰知道。」夫人的眼中出現淘氣的影子。夫人面對這像死人一樣蒼白消瘦的丈夫露出極不恰當的開朗表情。她以右手不停轉動朱鷺色的絹扇，看起來似乎什麼也沒想。「不然要用哪裡的房間……」丈夫說到一半，女傭敲門了。肥胖的攝影師跟著一同進來。雷電似乎已稍微平息。胖攝影師對於夫人的裝扮以有點誇張卻難掩痴迷的言詞大力讚美。丈夫說這是今天好不容易才做好的，明天的夜宴還得穿所以拍攝時千萬別弄髒。言談之間不經意出現如火燄般的不安。

丈夫想再問一次。丈夫想開口。但他被年輕夫人的聲音打斷。夫人的聲音掀起柔軟單薄的橘色漣漪……

「這間不行。對吧。去那個房間，去佛堂吧！」

這番話，在丈夫衰老的心靈聽來就像對失敗者的宣告。夫人的話多少帶有不容分說的味道。丈夫站起來，如同夢遊者。攝影師呆若木雞。——那個房間。女傭匆忙開始工作。佛壇旁架起相機。打開明亮的燈光……

丈夫微微顫抖。那個房間，以前曾是他的「場所」。他在離開那裡後漸漸衰老。他不得不回到那裡。啊啊，但是他回不去。以前他與房間的「抗拒」相互抗衡。與其說是他離開房間，其實是房間的「抗拒」勝過他的。但房間空著已成了唯一的救贖。空曠也是他的支柱。——如今那卻被充滿了。而且是被與之不相配的瑰美、絕對的生命。宛如那本身就是會呼吸的花朵，整個房間對他拋來華麗的拒絕。房間在發光。——但，那終將成為房間強力滅亡的象徵。丈夫自身滅亡的象徵。

丈夫在那美麗拒絕的背後，看見房間被華麗生命重擊的苦悶。他以雙手蒙住臉。房間如奇蹟般發光。在那中央浮現年輕夫人如花冠般的身影。

拍攝那張照片的六天後，伯爵過世了。夫人面對大批前來弔唁的賓客，一直坐在遺體的枕邊沒有流淚。人們離去後夫人終於趴倒，放聲大哭。——漫長的守喪季節，連百合都只能有黑百合綻放的季節就這樣慢慢過去。

喪期過後不久她就答應了某位富商的求婚。新任丈夫的出身低賤。他在南方的海上工作，在內地沒有居處，因此世人起先的驚訝過後，開始興味盎然地旁觀這樁婚姻的下場。對夫人而言對方內心有自己的憧憬種子，那是最大的指望，因此也是最值得愛的地方。它掀起憧憬的火燄——那在當時夫人內心帶來遠比過去更重大的意義。丈夫的死亡令絕望將她提升至某個場所時，煽起火燄的手段，已非欲求，而必須是宿命、是使命了。因此雖然新任丈夫主動表明想在東京定居，夫人卻反而催促他再次前往南國。

——船離岸後，就像繃緊的神經倏然失神，彩帶斷掉了。送行人們的種種色彩，就像把各種顏料不停攪在一起，隨著漸行漸遠慢慢混進一種寂寞的色調中。曾在那裡交錯的悲喜，那種東西無論上哪找似乎都已消失永不復返。「進船艙吧。」新任丈夫說。夫人眼中含淚緩緩邁步走去。就這樣走著走著，忽然不知為何想像起自己的背影。丈夫眼尖地發現，惆悵，令妻子的腳步倏然踉蹌。

——在島上的日子除了自家生活以外找不到樂趣。每當有船自東京來，總有各種貨物送至這座宅邸。丈夫訂的貨物，也常自美國送來。這二種流行在夫人的內心異常巧妙地融和，因此湊巧來到此地的美國人甚至懷疑自己看到「陶器王國的女王」的幻影。……在這樣的歲月中，夫人瘋狂的憧憬終究未能得到滿足，就在與憧憬相距極為遙遠之處結束了，但在徹底的破滅與失意中，那種生活不見得會落幕。因為夫人自己，堅持不肯回到東京。

然而自從來到此地，她的生命之泉已枯涸，憧憬的夜鶯歌唱的機會變少了。安靜的「日本女人」的衰老，被銘刻在怠惰的「島女」塑像上。沒有任何的不協調。

她的某位舊交，在長年走遍南國後，某日在那宅邸與她會晤。在返國後付梓的紀行文章某一節提到……

「伯爵夫人（我至今仍只能以這舊稱來稱呼夫人）曾對我如此說道：『這樣坐著便可看到海真是太舒服了。說到一天的最大樂趣，想來，應是看著夕陽在那片椰子林的彼端沉落的時刻吧。』而且伯爵夫人這麼說時，臉上沒有寂寞的陰影也沒有憔悴的神色。反倒一如往昔，甚至看起來格外嬌豔。夫人在微暗的純白色房間裡，終日躺在籐椅上，時而編織東西，時而看書，或者餵食奇妙的南國小鳥，有時也會邀我喝杯洋酒。用餐時她的夫君也會出席。在漫長的南國之旅期間，我只有在這時有幸享用過一次如此豪華的大餐……」

夫人不久便與這個夫君離異歸國，在鄉下空曠之地建造純日式的房子，至死都住在該處。這種宛如尼姑的獨居生活，算來維持了近四十年。迥異於過往奇特歲月的經歷，夫人的貞潔，堪稱世間未亡人的典範。世人對於她與那酷熱熱帶的離婚——因為壓根不知是夫人自願留在當地——毋寧是寄予同情的眼光，將她視為受騙的女子，報以略顯不光榮的善意。但，夫人面對造訪山莊的客人，不知該算是回憶或發牢騷，關於她年輕時對大海的熱烈憧憬，倒是多少提過一些……

穿過冷清寂寥的雜樹林小徑，來到苔痕青青有點難走的坡道後，黑色大門已出現眼前。舊船板做成的圍牆上方有櫻樹與栲樹的濃蔭籠罩。年老的夫人總是在後面的起居室接見客人。那個房間裡隱約可聽見令人心神恍惚的蟬鳴，在石頭配置優美的院子裡，幢幢樹影如印染棉布沙沙晃動。

「能否請您再說說那個海的故事？我等於是專為聽那個而來。」

「哪裡，不敢當。——那種好奇愉悅的心情，早已經不知都到哪去了。……您看我身上，現在哪裡還有那種東西呢？」

夫人只是如此回答，微笑以對。但是之後，不知何故唐突地提議：不如帶您參觀一下庭院吧，雖說沒有任何可觀之處。

客人對於老夫人率先帶路時那種穩健輕快的步伐，肯定大吃一驚。穿過竹林越過涼亭，來到位於後方的高地，她默默在背後交握雙手看著對面。

高地長滿榆樹與橡樹，周圍的紅葉彷彿飲下某種高貴液體染上了顏色。腳邊的落葉上仍不斷有落葉掉落堆積。

從那裡可以將舊市鎮一覽無遺。市鎮的那頭有稀疏如剪影的松林，而大海，彷彿在美麗的杯盤中靜靜發光。形似麻葉繡線菊的花朵三三兩兩緩緩移動的原來是海上的白帆。

老婦人的態度毅然。白髮不經意微微晃動。鑲上柔和的銀邊。她默默佇立不動……啊啊是眼中含淚嗎？是在祈禱嗎？連那個都無法判明。

客人驀然轉身，在風中搖曳的橡樹頂端，倏然搖晃退去之際，可以望見白得耀眼的天空，不知為何心頭充斥異樣的不安。或許是因為客人感到與「死亡」比鄰，生命就像是陀螺旋轉般的靜謐，說穿了是與類似死亡的靜謐比鄰……

繁花森林終了　昭和十六年初夏

中世1某殺人慣犯遺留的哲學日記選萃

□月□日

殺害室町幕府第二十五代[2]將軍足利義鳥。大批女子穿著繪有百合及牡丹圖案的華麗和服成排列隊，將軍豪邁地躺著用朱漆菸管抽鴉片。他困倦地搖響南蠻傳來的五彩玻璃大鈴鐺。他沒有預感到殺人者。將軍反而懷疑殺人者是將軍。被殺的他鮮血如辰砂乾涸將華麗的衣裳染上鑲邊。

殺人者知道。唯有藉由被殺，殺人者才能完成。而這個將軍絕非殺人者的後裔。

□月□日

殺人是我的成長。殺生是我的發現。是接近被遺忘的生命的手段。我在夢想，大混沌之中的殺人是多麼美啊。殺人者是造物主的反面。那種偉大是共通的，那種歡喜與憂鬱是共通的。

我殺害了北方瓏子。她驚愕退縮時的那種美吸引我。或者，是因為沒有比死更大的羞恥。

她似乎反而很高興被殺。她的眼睛開始閃爍安心的淚光。我感到在我的凶器前端某種沉重之物——某種沉重的金與銀與織錦破裂瓦解。那漸漸流失的靈魂，似乎不可思議地被殺人者的刀刃努力撐持。那無與倫比的無情之美竟有這樣的撐持方式。……如今，那猶如陶器般白淨嬌小的下顎，宛如夕顏花自黑暗底層冉冉浮現。

□月□日〈關於意志〉

對殺人者而言，落日是多麼傷感。輝煌的落日，才是最適合殺人者的靈魂。落日帶有的憂鬱是極度收斂的熱情散發出的瘴氣。就連美本身都可能被殺害。

殺害一百二十六名乞丐。這些賤民津津有味地吞食死亡。殺人者的意志無比健康。

聚集污醜之地的壞相，以及，對嶄新之美的意志——不如說那看似徹底的美的證據，健康這種修辭又算什麼？

臭氣的風吹過殺人的街道。人們沒有察覺。這個擁有美麗帆影的街區欠缺赴死的意志。

---

1 中世，在日本史，指鎌倉、室町時代的封建社會時代。

2 室町幕府將軍足利氏共十六代，並無二十五代，此處為虛擬象徵。

□月□日

殺害能劇[3]的美少年花若。他的嘴唇閃爍珠光又像顫抖不定的緋櫻般痙攣。能劇衣裳上帶著火燄大鼓與桔梗的花紋，擁抱那冰冷殘酷又沉重、形似棣棠花芯般蒼白、漸漸死去的柔軟肉體。我的刀自那身體抽出。為了他那描繪出綠紫色虹彩、華麗噴灑的鮮血。……忠實承受的少年，現在相信與殺人者的瞬間默契。雖然不斷失去，殺人者也同樣得承受。殺人者挺身前往那危險場所。於是他才是自殺者——因他不斷地流逝。他才是對那種意志燃燒。他永遠在殺人中生存又不斷死去。

□月□日〔殺人者的散步〕

美好的某個春日，殺人者悠閒散步。他的敬禮是閒雅的。春天的森林迎接他，彷彿輪迴般喧囂。小鳥啁啾，吾亦歌唱，小鳥啊歡唱吧，我也要歡唱。一再被邀請後，於是唱出歌聲。

但是現在，是康復的季節。再沒有比從等待康復、從背叛康復、從一切約定康復的那個，更讓他——殺人者心痛的季節。康復對他似乎比對任何病患都無益。他無法投身其中。他在那個場所無法成為投身者（自殺者）。

殺人者蔑視對康復的熱情。他可不是為了讓花再次成為花而殺人。他只是為了讓花永遠是花，才成了殺人者。

這種想法令他闊達的步伐，宛如被朝露沾濕的蝴蝶飛行，微微搖晃不穩。春雲浮現。吹過森林的清風翻飛著白色的葉片。

因此，他感到沉痛。森林與泉水與蝶鳥，滿目憂愁的花鳥圖。小徑與太陽。被那些染色的一切時象……

促使他沉痛的，該不會是悔恨吧。在他追究生命的眼中點亮淚光的不是後悔。或許是他自身的健康。徘徊季節的流域令他沒有新衣。凶器並非萬能。他那連健康也殺不了的自身凶器。

過去侮蔑的表情在他身上看來高貴嗎？對痛苦的尊崇在他看起來怯惰嗎？他的靈魂無望地啜泣，為了世上最高雅之物，不得不自己動手，所以他再次拿起凶器。

3 能劇，日本的古典歌舞劇，以面具與華麗的戲服表現內在式、象徵式的演技。

□月□日
愉快迎接他——殺人者並為之高歌的諸人之歌。

*

冥府的風吹過

昏暗的天空盡頭
太陽隨西風
爛漫未沉落
（罪惡之光充盈吾身
姿態透明閃耀）

對諸人的他者
對眾神的他者
如花的一切——

轟然未沉落

迎接吧　成熟的事物喲

抱著那種力量轉瞬哭泣

帶著那嘆息久遠殺人！

*

□月□日

殺害妓女紫野。殺她之前必須先殺死那大量的衣裳。深至她自身，那衣裳的核心——那衣裳最深處折疊的內在，是我所無法到達。在那深處，她被到達之前已死去。一刻又一刻，她永遠死去。她死了成千上百、幾億幾兆的死……

對她而言，死亡已只不過是一種舞蹈。舞蹈曾藏在她的內心，世界再次成為舞蹈。月雪花[4]，會燃燒的，會開花的，會佇立的，流動卻又在柵欄踟躕的，那一切

4 月與雪與花，泛指大自然一切美好的景物。

都是舞蹈。妓女紫野睡著時，舞蹈在她的額上芳香地呼吸。

朱色印泥般的死亡氣息中，她無掛無礙。她越是無礙，我的刀刃就越深入她的死。那時刀刃有了新的意義。不是進入內部，是冒出內部。

紫野的無礙傷害我。不，是無礙朝我陷落——

從陷落開始我的投身，猶如一切早晨始於薔薇花瓣的邊緣。

殺人者想必是這樣得知種種事情（就像殺害與知道相似）。

對陷落的祈禱，投身者必須是世界獨一無二的優雅。對於那些事，一如薔薇知道曙光，我們想必也會極為聰明地知道。

□月□日

今天殺人者去了港口。開往大明的海盜船已準備啟航。朝陽照射在爬地柏上。

他與身為海盜頭子的一名友人相遇。海盜頭子帶他去停泊中的船隻某室。綴滿珊瑚如結實累累的船錨沉入琉璃色的水中。陌生的上午，領向該處。

「你要前往未知啊！」殺人者羨慕地問。

「前往未知？你們是這麼說的？在我們的說法中那代表的意思是——前往佚失

的王國……」

海盜會飛。海盜有翅膀。我們沒有界限。我們沒有過程。我們說沒有不可能就是說也沒有可能。

你們聲稱發現。

我們只說看見。

越過大海，海盜總是歸向該處。我們繞行花朵盛開的群島時，察覺那島嶼藏著黃金火燄。我們一心無他。我們越過大海當盜賊，財寶向來已是我們自身所有。生來就普遍屬於我們。新得來的百名美麗奴隸亦然，不管有無看見我們似乎都已永遠屬於我們。創造與發現，不過是「時時常在」。時時常在——而且那或許是無遍在。

未知就是失去。因為我們無他。

殺人者啊。別為花朵般完美之物窒息。正是大海，也唯有大海，令海盜們無他。超越你面前的無聊門檻，超越那船沿吧。強悍是好的。弱者回不來。強悍可能失去。弱者只會喪失。彼方的世界在他們的眼中掃過。

哪怕是海，殺人者啊。尾上之松[5]吹來海風，在海盜們的心中如扇搧動。我們

5 尾上之松，古詩吟詠的松樹之名。可能在兵庫縣加古川市尾上神社內。

也向八幡之神祈禱。我們的祈禱，是對既存的、對既定的祈禱。何故祈禱呢？無他者的祈禱總是如此。

哪怕是海，殺人者啊。海是無界限的有限。當宇宙在玲瓏的青海波[6]落下暗影時，那影子已經在了。

紅土丘後滿臉好奇出現的教誨師們看到我嚇得跪下。碧藍海峽的潮底有一群青白色的鯊魚款款晃動珍珠母而過。八幡旗影每每藏著死亡，但是南島吹來豐醇的季節風立刻將之趕走。

「你在想什麼？殺人者啊。你必須成為海盜。不，你就是海盜。現在正是你回去的時候。難不成你要說你不回去嗎？」

殺人者沉默。涙水不停掉落。

與他者的距離。之後他無法逃遁。距離首先就在那裡。因為他是從那裡開始的。

距離是世間最玄妙的東西。梅香在曖昧的黑暗中擴散。香氣正是距離。安靜的午後逐漸成熟的果實是距離。因為成熟就是距離。

年少是多麼嚴苛的恩寵啊。遑論那不惜去相信熟得機能的、宇宙性的、生命的苦楚。

因為有風，彼方的樹叢閃爍。風吹身邊時樹叢陰翳。風想必會那樣不斷越過我們的心上。世界就是在那樣的剎那發光。

花開是什麼？秋天漸暗的陽光中日漸凋謝的一朵菊花，為何完美？為何有輪廓？為何不動如山？為何充斥崩壞的可能性？以及，為何能夠久遠？

對著海盜，無限之處沒有久遠。縱使這樣說又能如何？因此殺人者的淚水不會被拭去。光憑那種事無法拭去。

一朵薔薇綻放是輪迴的一大慰藉。唯有這樣殺人者才能忍耐。他無法飛往未知。他的心中，無時無刻，總有某種東西阻礙那跳躍。支持那跳躍。溫柔卻又無情地。宛如繁花之中也有難捨澄澈青色的花萼。是它在支撐。為了讓花朵不像蝴蝶般飛去。

海盜啊，你聽過雲雀山的故事[7]嗎？為了賣花佯裝瘋狂，中將姬的乳母徘徊春

---

6 青海波，將海浪描繪成扇形的幾何學圖案，是祈求永遠平穩的吉祥花紋，常被用於舞樂的衣裳上。

7 雲雀山物語，右大臣豐成公聽信讒言，命家臣將親生女中將姬帶去雲雀山殺害，家臣不忍下手，將她藏在寺廟內。後來中將姬的乳母裝瘋，以賣春秋兩季花草的錢來養活她。

意正盛的雲雀山這個故事，難以言喻地美麗。賣花吧，海盜喲。為此佯裝憂鬱的狂人吧。

□月□日

殺害肺癆病人。那宛如蟹爪的肋骨，那青白黏稠的腦髓，那彷彿核桃殼內側的堅硬耳朵，我早就看不順眼了。但是，現在那些令我微笑。這是何等幽默。何等風雅的表現。關於肺癆病人的那句「你看著辦」。關於他們的黑暗時代風格的處世之道。

那是原始人與文明人最大的不同。就像白天與黑夜。

（「夜的貴族」末裔深諳死亡的優雅。對他們而言就連被殺都是巨大敬意的表徵。）

這種生存方式——好似松島沙灘靜靜退去的潮水般的生存方式，本來是更華麗莊嚴的。螺鈿如今已剝落。這時在夜的背面有著迴異白天的陌生時刻閃現，難道就沒有一個人看見嗎？

學習無為之美需要霸者的闊達。死去的室町將軍等人一邊與蒔繪般的夜晚戰鬥，一邊在蒔繪般的無為中睡去。流水不停地緊張。那才是無為。知道成熟步伐的只有無為。若要悟得天然常規之中隱藏的濃淡……

在那裡就連投身的意志都如候鳥一般闊達，所以不是有人說，意志看起來只是憧憬嗎？

當春天的小鳥在櫻花綻放的高欄啼鳴時，當雲的來去比平時更激烈時。……夏天的雲靜靜燃燒，之後是秋天，支持豐收的季節……

穿著盔甲不會受傷的只有盔甲，難道沒有任何人如此低語嗎？殺人者應會高歌吧。你們是怯惰的。你們是怯惰的。你們是怯惰的。你們叫做勇者。

□月□日

據說殺人者會在不被理解時死去。即便在不被理解的密林深處，不也有小鳥啼鳴百花開放嗎？使命，那已是一個弱點。意識，那已是一個弱點。為了變得特別優雅，殺人者對於自己特別蔑視的這些弱點，想必擁有值得獻上奇妙祈禱的早晨吧。

遠乘會

讓葛城夫人這樣心地高潔的母親吃苦受罪的正史，是個壞兒子。他的事件發生後，夫人食不下嚥，夜夜難眠。她很擔心兒子的將來，也得設法挽回社會觀感。兼之，還有擔任皇室侍從的丈夫今後的進退問題。兒子的事件一旦被公開，丈夫無論是對上級或社會大眾，都必須引咎辭職。萬一落到那個地步，葛城家就沒有收入了。

正史偷了朋友的自行車轉賣他人。

葛城夫人誇張地想，不幸中的大幸是至少沒上報紙。但這種想法其實只是出於她個人的偏見。世人早已對侍從之子的小小竊盜事件不感興趣。

她把獲判不起訴處分的兒子交給仙台某個正派教育者的家庭後（當然這樣的處置，如果不考慮夫人的偏見，不管怎麼想都令人難以苟同），總算鬆了一口氣，這次又開始盡情沉溺於甘美的母愛之淚。不到三天便給兒子寫了長信，還寄了兒子愛吃的零食與牛肉罐頭過去。不久便收到寄養家庭的家長來信，勸她最好克制一下這種只會令正史犯思鄉病的信件與包裹。夫人從此連生活中唯一的慰藉也失去了。

對兒子賢明處置的反省就是在這時折磨她的心。她也考慮過索性把兒子叫回來。但夫人自己也有難以言喻的享樂本能，不捨得受這種苦的心態與疼惜兒子的心態相仿時，為了懲罰自己對兒子的冷遇，她甚至渴望這痛苦的分居兩地能夠永遠持續下去。

某日，葛城夫人收到寄給兒子的遠乘會邀請函。那是以丈夫的名義加入的騎馬俱樂部，寄給家族會員的邀請函。寄給兒子的信件通常都是轉寄到仙台，但轉寄這種邀請函恐怕不僅無益反而還會增添禁閉生活的憂愁。乾脆直接撕掉算了。夫人正想撕破，忽然心生一念，於是作罷。

正史當日偷竊自行車，是為了送禮物給某個女人。葛城夫人每個月給正史的零用錢對學生而言本來應該很充裕，但因為那個女人提出過多的要求，讓正史經常抱怨缺錢。起先，做母親的每次聽到他抱怨就會再給錢，但某次斷然拒絕後，他居然把主意動到與朋友賭撲克來賺錢，最後欠下無法償還的巨款，於是半是為了洩憤竟偷走牌友的自行車轉賣他人，然後若無其事地把還清債務後剩下的錢又拿去買禮物。真不知道這樣有何幸福可言。最後正史之所以獲判不起訴，主要還是因為竊車案的受害者害怕被人發現自己犯下賭博的罪行，因此語焉不詳。

令正史不惜鋌而走險來博取歡心的女人，是葛城夫人沒見過的人。據說名叫大田原房子。好不容易才從正史口中問出的，頂多只有此人是同一個俱樂部的會員，姓名也是夫人千方百計才從遭竊的牌友那裡問來的。年齡不詳。容貌不詳。正史好像有幾張她的照片，但他不肯給母親看。

在夫人的身邊及交友範圍內，找不出姓大田原的人。這個姓氏並非沒聽過。但就連那個女人是大田原夫人還是大田原小姐都無從判斷。

葛城夫人對未曾謀面的房子抱持的感情（想想或許挺奇怪的），絕非敵意。葛城夫人大概欠缺憎惡的本能。但她倒也不是全無底線的濫好人。她只是沒有那種憑恃憎惡或敵意去判斷他人或評價他人的習慣，因此夫人的寬容遂被轉用在各種用途上，即便是一般人只能抱著敵意去做的行動，寬容本身也會微笑以對。她之所以渴望見到大田原房子，在此必須再次重申，並非出於敵意。但這種單純的好奇心之中，也潛藏著撩亂頭髮的熾熱痛楚。

大田原房子肯定會在遠乘會現身。葛城夫人必須當面向她問明原委，討得一個令自己滿意的答覆。

她打電話報名參加。命女僕替她準備已多年未用的騎馬裝，仔細擦拭長靴。

遠乘會當日是四月二十三日星期天。

參加者的人數比俱樂部養的馬更多，因此行程分為三組人馬。第一組清早騎馬離開位於丸之內的俱樂部，上午九點過後抵達市川橋。在那裡等候一行人的第二組，這時接棒騎馬，完成前往目的地千葉皇家獵場的這段行程，第一組則在此改搭汽車先行前往。而第三組早已抵達目的地。全體人馬在該地用過中餐，下午，再由第三組騎馬走完直線距離的回程。

葛城夫人打電話報名後，又怕房子萬一不參加，於是親自造訪位於大手門內的俱樂部。幸好房子的報名表已登記在第一組的名單上。她分配到的馬是「樂陽」。夫人遂在第二組的「樂陽」名下填寫自己的名字。負責分配馬匹的人也同意了。這下子就不怕屆時將大田原房子認錯了。能夠在毫無預備安排下與引誘兒子墮落的女人初次會晤，令葛城夫人異樣感興趣，她沒打聽房子的事就回去了。

活動當天的天候確實令人憂心，低垂的雲層瀰漫晦暗的幽光，但天空不時放晴的現象，預告這天應該不會下雨。葛城夫人穿著騎馬裝在市川車站下車。擦亮的長靴後跟上，鍍金的馬刺閃閃發光。夫人的手裡還拿著綴有獵犬頭飾的德國製馬鞭。

夫人現年四十八歲。那宛如優雅和紙沒什麼油脂的肌膚，不需塗抹脂粉就已馥郁雪白。一笑起來，額頭上的橫紋與酒窩同時出現。但這額頭上的皺紋絕非衰老的象徵，反而替風流嫵媚的表情更添魅力。客觀看來是這樣，不過葛城夫人的心態恐怕與媚態無緣，所以她的表情等於公然背叛了她的內心。換言之，夫人是個連自己雇用的代言人有多麼不誠實都沒發現的大好人。

若是眼力敏捷一點的人看了，想必會看穿葛城夫人本來的美麗應在這種假想的年輕之外。那說穿了是美麗終於向真實退讓一步的謙虛達觀之美，這才是真正的優雅。

市川市晨間商店街的店員們，從剛才就瞠目旁觀這群陌生的行人。有紳士經過。有少年經過。而且全都穿著騎馬裝與長靴。尤其是葛城夫人的領結與馬靴這種巧妙的搭配，在路旁玩耍的孩童看來或許甚為奇異，於是這群孩童竟然好奇地一路尾隨在她身後。但夫人直到自己驀然從沉思中醒來，在街角的派出所詢問市川橋的位置時，才發現這群毫不客氣的小跟班。

「有什麼事嗎？」年輕的警察狐疑地反問。

「從剛才就一再有人問同樣的問題。」

葛城夫人簡單回答後，匆匆趕往警察指點的路線。橋畔已站著五、六名會員，看到夫人後紛紛自遠處向她打招呼。

其中蓮田醫學博士夫婦和她早就認識，因此葛城夫人與蓮田夫人聊了起來。十分鐘過去了。時間已過了九點二十分。

「好慢啊。」

蓮田夫人說。

騎馬的一行人應該會走對岸的河堤。隔著這條江戶川，千葉縣與東京都遙遙相望。這一邊的河岸屬於千葉縣，對面是東京都。市川橋上的汽車往來頻繁。左方三百公尺處架設了鐵橋，不時有省線電車經過。第一組應該會經過那鐵橋下的河岸，再次走上河堤，從市川橋的西端過來這邊。

雜草茂密的河岸處處有靜水瀲灩。清風拂過。水面上，就像灑了細粉似地泛起一陣漣漪。

「啊，來了！來了！」

一名少年雀躍地大叫。他的馬刺作響，鞋跟踢起了地上堆積的小石子，有兩三顆滾落河堤。

四周是平淡的風景。河岸景觀或許向來如此。以河川為中心，這空無一物過於遼闊的領域，在陰霾的天空下，猶如某處人煙稀少的曠野部分圖，瀰漫一種模擬荒蕪平原的悲哀色調。市川橋上的貨車與自用轎車喧囂來往，喇叭的聲音，鐵橋黑色骨架的倨傲聳立，這些景物與河岸的寂寥互不關心地並存，似乎反而替風景本身醞釀出晦暗不安的緊張感。只見對岸遠處工廠街林立的煙囪，冒出與低矮雲層色調無異的滾滾黑煙。

令少年大叫「來了」的第一匹騎影，遲遲未出現在大人們的眼中。馬隊該走的路徑是事先確定的。他們必然會鑽過左方的鐵橋底下過來。

葛城夫人定睛凝視那一帶。只見樹叢後露出恍若山崖紅土色之物，縱身，擺動，躍起。原來那就是領頭的一騎。馬走上以閃電形循河堤而上的小徑。然後在河堤上佇足。騎士在馬鞍上扭身，像要看穿自己來時方向的姿勢，這次一目瞭然。不過騎士的五官還是看不清楚。

不久，鐵橋下混雜兩三匹白馬的隊伍出現。他們打亂隊形，與領先的一騎走上同一條路，在同樣的樹影下若隱若現。

領頭的一騎見到他們，便策馬快步朝市川橋西端前進，這下子更與後面的馬拉開距離，已經開始過橋了。貨車駛來。自用車駛來。夾在其中沿著鐵架奔馳而來的栗毛馬，雖還看不清馬上騎士是誰，已貫穿汽車喇叭與自行車的鈴聲，在水泥橋面上達達響起高亢的馬蹄聲。

「是室町！」

「騙人！鼻子那麼白，分明是明潭。」

「才不是明潭。一定是山錦。山錦習慣動不動就甩脖子。所以絕對是山錦。」

少年們爭論。雲破天開，射下微光。鐵架的幾何學式交錯，將那不太明瞭的影子落在橋上。馬終於走到近距離，讓人足以看清穿過光影交錯而來的騎士容貌。

騎士的臉上無鬚。但獵帽下露出的頭髮，已像生絲一般雪白晶亮。容貌宛如雕塑，高挺的鼻樑，犀利的眼睛，倔強的下巴，每個部位都沒有明顯的特徵，但整體的配置卻表明，這位剛邁入中老年的紳士，一生都在組織與規律與意志完全融合的生活中度過。毫不柔弱的相貌，如楷書般方正堅實的容貌，與黝黑的皮膚相映成彰，宛如完全不受年齡腐蝕作用的剛毅青銅面具。低調樸實的英式訂做外套、白手套……那種大氣豪邁的騎馬英姿，是唯有將騎馬視為家常便飯的人才能夠培養出來。在他巧妙的駕馭下，馬的步伐絲毫沒有被駛過身旁的汽車喇叭干擾。

「果然是明潭！」少年大叫。

但葛城夫人看到騎士不禁愣住了。那是由利將軍。

在夫人看來，這意外的重逢幾乎是奇蹟。並不是因為重逢太出乎意料所以稱之奇蹟，而是最近夫人動不動就會想起由利氏，對照她這種心理狀態，居然當真與他巧遇簡直像是奇蹟。我們的祕密心願，一旦真的實現了，往往反而會令人有遭到出賣之感。

大約三十年前，她拒絕了當時是上尉的由利氏的求婚。沒有任何理由，沒有厭惡，也沒有強制，就這樣。這樁婚事，無論就兩家的家世與財產狀態來考量，或是就當事人雙方十多歲的年齡差距來考量，都是沒有任何障礙、也沒有任何值得非議之處的好姻緣。可是，只因為一點點少女的驕傲，她卻拒絕了婚事。沒有障礙，沒有任何妨礙二人結合的因素，這樣獨一無二的好條件，卻讓她覺得那是對個人自由的侮辱。明明不是被強迫許婚，敏銳的她卻像全身感到危險的兔子，預感到這過於完美的好條件在無言之中帶來的強制力，以及彷彿是這毫無障礙的狀況本身是操控她的無常力量。但這種少女的驕傲，往往與不測的脆弱比鄰，毋寧是脆弱的盔甲。於是當下一次又有人來提親時，上次那種拒絕帶來意外的心靈空虛一直令她很後悔，所以這次她連對方的長相都沒仔細看清楚，立刻聽從父母的意見答應結婚。就這樣她嫁給了葛城氏。

婚後，夫人變得孩子氣，變得更純潔，也養成悠閒與頑固的性子。那個曾經擅長做出刁鑽判斷，伶俐又傲慢的少女消失了。就某種意味而言，婚後反而讓她變得更像個真正的少女。外表上的種種少女氣質，在過了少女的年齡後這才十全俱足，她這樣的性格（如果稱為性格不適當或可說是她這種素質），是如同花與葉絕不相逢的辛夷樹那般悲劇的素質。葛城夫人心裡還留有些許不合時節的部分。所以如今雖已年近五十，卻仍像個不知世間污穢的孩童。

最近到處都聽到別人私下談論由利將軍的名字。將軍個性篤實，雖談不上豪邁卻很清廉正直，是與政治完全無關的軍人。他的名字被人充滿好感地竊竊私語。他征服過的許多地方因戰敗而荒廢，他那光輝的征服行為在記憶中雖已淡去，但他當時與首相發生衝突被迫退伍的經歷，後來卻讓他得以逃過戰爭審判的命運。他的名字被人與英國式正義感相提並論。而將軍那種吉卜林[1]式的天真帝國主義，現在雖派不上用場卻反而因此像增值的古董受人重視。他是今日早已絕種的古老正義、清廉、忠心、信義、禮節的標準化身。這樣的人物在這年頭是怎麼活下去的，這恐怕

1 吉卜林（Joseph Rudyard Kipling, 1865-1936），英國作家、詩人。

就不用探究了。

葛城夫人深信他那恆久不變的愛情。這是長年來，她刻意避免與由利氏見面的唯一理由。當日拒絕他的求婚一事，浸淫在時光的洪水中，如同水中花綻放傲人的姿態。那成了夫人一切幻想的素材。如果當時……如果當時……對那種機率的詳細檢查，令她在種種已然錯失的生活中大為活躍。就連最不幸的機率，都在幻想中取悅了夫人。

「如果他變得非常貧窮，必須靠我沿路叫賣才能生活的話，該怎麼辦呢？那種黑市小販也會來我家。據說她本來是海軍上校夫人，真是可憐。但我或許也一樣辦得到。如果是我，想必會更殷勤、更機靈地做買賣吧。」

所謂的幻想，帶有一種專制的秩序。現在，葛城夫人堅信，由利將軍的偉大人格、道德潔癖，尤其是傳說中那種品行上的一絲不苟，全都是永遠愛她的證據。她既有故作冷漠的情人那種自負，亦有身為教育者的自負。

下馬後，由利氏立刻被眾人包圍。此人在馬上看似壯碩，下地之後矮小的身材便特別顯眼了。他脫下獵帽，抹去額頭的汗水。一頭白髮優雅地起伏。

「因為大家都遲到了。從那邊出發就已經遲了。只有三個人準時報到。」

「明潭今天的狀態如何？」

最小的少年問。

「出發時很拼命，現在已經累壞了。牠的右後腿本來就有毛病。請小心一點。下一棒是您嗎？」

被他以客氣的口吻如此問道，少年結巴了。

「不，我要騎的是玄武。」

玄武是初學者專用的老馬。

「是我。」

蓮田博士出面了。博士上馬時，由利氏基於禮貌替他抓住韁繩穩住馬。明潭滿身大汗，毛豎起來的側腹劇烈起伏正在調整呼吸。

這時由利將軍與葛城夫人四目相對。夫人不禁微笑。將軍從不輕易微笑。他只是有禮地深深一鞠躬。這個鞠躬，多少帶有想不起對方是誰但總之不能失禮的味道。不過夫人對他這慎重的鞠躬深感滿足。

「都這把年紀了還像年輕時一樣害羞。他是當著大家的面不好意思。」

夫人想。

二人幾乎無暇交談。一行人已陸續抵達。市川橋畔，頓時擠滿了近二十匹馬。第一組的人各自下了馬走向河堤。小孩子圍成一圈遠觀這場不可思議的聚會。

「樂陽是哪一位的？」

有位小姐在沙塵中一手靈活地牽著馬，如此四處詢問。她的年紀看起來僅有十七、八歲。穿著做工精美的深藍色騎馬裝，身材凹凸有致，幾可雙掌合抱的纖細腰身引人注目。她的頭髮滑順披散，圓臉上的大眼睛看似冷靜。那種美貌是小女孩的美，髒兮兮的馬靴腳部，多少帶有笨拙的、任性長大的少年特有的風情。堪稱快活的情緒，可以從那激烈運動後通紅的臉頰窺知。葛城夫人一眼就很喜歡那個少女。

「樂陽是哪一位？」

少女再次說道。聲音因羞澀而抹消，幾乎細不可聞。

葛城夫人自恍惚中清醒。她走近少女。那就是大田原房子。

「謝謝。」

夫人接過轡繩說。小姑娘笑著嘆氣，舉起雙手做出把頭髮綁到腦後的動作。她的眉毛有點濃，眉心與嘴唇的周圍，都有蒲公英絨絮似的汗毛。

「這下子我可安心了！這匹馬很壞。我一路上都被牠欺負。」

「牠有什麼怪脾氣嗎？」

樂陽看似神經質的充血雙眼斜過來瞄著夫人。

「倒也不是什麼怪脾氣。牠只是喜歡偷懶，一直想脫離隊伍。我光是要追上大家就累壞了。」

「出發！」第二組的領頭者在白馬上高喊。葛城夫人匆匆上馬，失去了互報姓名的機會。馬群列隊慢速走過江戶川河堤時，馬上的葛城夫人轉頭尋找房子的身影。同樣年紀的兩三名少女之中，房子正揮舞著戴白手套的手。葛城夫人亦高舉馬鞭，向她回禮。

二十四馬排成二列快步跑過青草茂密的江戶川河堤。太陽再次被烏雲遮蔽，河面倒映陰霾的天色。只見河畔有垂釣者的零星背影，他們不時轉頭目送騎馬的隊伍。拉起釣竿。釣線揚起。葛城夫人不停揚鞭激勵遲鈍的樂陽，在這單調動作的支持下，她的思緒不停在剛才見到的那個老男人以及宛如孩童的少女身上打轉。她的思考之中帶有某種錯綜複雜的疑問。某種東西在她的內心遲疑。微笑。逡巡。夫人為那仍無法明確定名的不安而苦惱。路旁紅磚建造的玻璃工廠跑出一隻狗朝他們吼叫。臥在路中央的黑牛，被迎風奔來的馬隊嚇到，狼狽衝下河岸。牛奔跑的模樣，在都市難得一見。那宛如頭陀袋[2]的生物，倉皇的模樣逗得馬上一行人都笑了。

之後一行人又恢復最慢的速度，走過長長的木橋。

葛城夫人伸手撫平剛才奔馳時被風吹亂的頭髮。風迎面吹上她的臉，令她的思緒失序，只剩下一抹荒蕪的寂寥。是什麼樣的思考之後，會留下這種情緒，已無從追索那個痕跡。現在唯一能夠體會的，只有這難以說明的寂寞。她不想勉強探究原因。

過橋後一行人奔向行德町的水泥路。忽然響起的馬蹄聲，令葛城夫人霍然回神。

「又是汽車！我的馬今天很歇斯底里。」

蓮田夫人一邊安撫被行經的紅色郵務車嚇得亂了步伐的馬，一邊從後方如此喊道。

一行人左轉列隊走向田園小徑，野地吹來遙遠的海風，帶來一股清香。看不見海。前方小小的森林暗影就是皇家獵場。此地在戰前用來招待外國大使，是經常舉行皇家獵鴨會的場所。

抵達目的地後，眾人分頭將馬交給馬夫餵食燕麥和清水。蓮田夫人也從口袋掏出事先準備的胡蘿蔔慰勞愛馬。

寧靜的園中水池旁，草皮上散布桌椅，已經抵達的第一組與第二組的人，分成年輕人、夫人們、紳士們的小團體，各自圍成一圈談笑。由利氏站在啤酒桌前，一邊舉杯，一邊仰面而笑。房子正和其他小姐與少年以水池為背景拍攝紀念照。

「我們該往哪兒走才好？」蓮田夫人說。

葛城夫人沉默不語。最後，她倆加入了無聊的夫人團體。

會長通知大家午餐已備妥。眾人進入室內，享用壽喜燒午餐。葛城夫人的身邊，依舊是一群沒完沒了大談那些高雅話題的夫人。

飯後有餘興節目。曾任騎兵上尉的老幹事表演吟詩。在皇家獵場已服務三代的口技高手表演千鳥笛。那靈妙的人工鳥鳴，令全場聽得如痴如醉。

2 頭陀袋，僧侶（頭陀）修行時，掛在脖子上裝經文及餐具等各種物品的袋子。

大雀鷚、中雀鷚、小雀鷚、蒙古鴴、金斑、京女鷚……被稱為千鳥（鴴）的鳥類有這麼多種，每一種的聲音都不同。京女鷚的啼聲雖不優美，姿態卻很美。那紅腳黑羽的美麗外型，被比喻為京都女子。

但現在不是鷚鳥的季節，雖有許多人從窗口頻頻眺望陰霾的天空，卻不聞拍翅聲，亦無呼應笛子的鳥鳴。只有不存在的鳥鳴，在這不合時節的閒雅庭園，輪番響徹四周。

葛城夫人一邊自窗口眺望草皮上無人的各種椅子，終於找回剛才騎在馬上正要整理出來的不安思緒。

「今天我有個很不可思議的發現。我沒看到令正史墮落的不良少女，卻看到那麼可愛的清純少女。不，即便是看起來如此清純的少女，據說這年頭的女孩子什麼壞事都敢面不改色地做出來，所以很難講。不過，我已經四十八歲了。多少還是可以一眼判斷出一個人的好壞。那是一位天真無辜、只是有點小任性的可愛小姐。」

對面的桌子，房子以眼神致意微微一笑。葛城夫人也回以微笑。

「大家果然都是好人。在這世上沒有壞人。只是，這麼一想，我會很不安。讓正史墮落的，是那少女的清純。正史就是因為愛上那種清純，才會墮落。若真是這樣，難道罪惡只存在於愛情之中嗎？

……那麼由利先生的事又該怎麼說？那位先生很了不起。愛了我這麼多年，沒有傳出任何緋聞。每當我聽到他的出色傳聞，我就會更加提升自己，讓自己變得貞靜嫻淑。我對他有幫助的想法讓我很安心。但是……我不懂男女之事，我不懂，他為何沒有因我而失足？他曾向我表明如此熾烈的愛意，即便在我無情拒絕之後，他為何還能那樣順利出人頭地呢？說不定，他並不是非常愛我……」

大家離開餐桌。騷動轉往院子。

葛城夫人不禁撥開人潮，走近由利將軍。他把鞭子夾在腋下正在點燃香菸。

「好久不見。」

夫人說。

「啊，的確好久不見了。」

將軍說。

「我們有多少年沒見了？」

「好多年沒見了吧？」

二人走到池畔。從野菊怒放的草叢中有一座半腐朽的木橋伸向池心的小島。

「要不要去那座島？」
「好啊。不過這橋挺危險的。」
將軍牽著夫人的手先過橋。這種殷勤令葛城夫人暈陶陶。
「今天我是來見兒子的情人。」
「原來如此。」
「算是間接相親。」
「當母親的可真辛苦。」
「沒想到那倒是位好小姐。光是第一印象，我就很中意。那樣的人品娶進門也無妨。」
「是嗎？那真是太好了。」
由利氏以略帶困惑的表情望著她。然後葛城夫人在他的眼中察覺他似乎正在一心一意探索什麼。她一邊說話，一邊把德國製的鞭子在手中轉動。這鞭子上以白色羅馬拼音寫著KATSURAGI（葛城）。字體不太大，也不顯眼。由利氏正以近看便可發現已經衰老的雙眼凝神注視，試圖辨認這個羅馬拼音的名字。葛城夫人察覺了。她的臉色當下一沉。

但是心地善良的她強自忍耐，佯裝無事地把鞭子橫放在將軍容易辨認的位置。過了一會，由利將軍就不動聲色地在對話中提起那個名字了。

「是啊。有年輕兒女的家長這年頭可操心了。不知葛城夫人您年輕的時候怎麼樣？」

「什麼也沒有。」

葛城夫人說。

由利將軍對她不用敬語的親暱口吻有點訝異，卻還是什麼也想不起，於是露骨地挑明說：

「沒有被不該愛的人愛上，也沒有愛上不該愛的人？」

「什麼也沒有。」

「這樣啊。我或許也有過那種事，只是全都忘了。」

「我也是。」

「全都忘了。」

由利將軍傻笑。笑聲在池面深深回響。這時將軍倏然起身，左右揮舞鞭子，做出「不要不要」的動作。葛城夫人也站起來，看了之後，露出僵硬的微笑左右搖手。

池子的另一頭，大田原房子在大批友人的圍繞下，正朝這邊按下相機的快門。

蛋

偷吉、邪太郎、妄介、殺雄、飲五郎這幾人，是非常快活開朗的學生。五人都長得很高，塊頭很大，嗓門也很大，性子非常懶散，壓根不去上學。五人都是划船社的社員，卻把集訓時的生活延長到平日之中。他們找到出租十坪和室的民宅，租下那個房間當宿舍。據說這個房間是因為屋主生前罹患象皮病，擔心一般房子無法容納越來越巨大的身體，所以才特地增建的。五人競相睡懶覺，規律地守著永不收拾的萬年被窩。

偷吉看起來總是睡眼惺忪，習慣偷拿朋友的物品。才見他打瞌睡，朋友的桌子底下那一大盒栗子豆沙餅已經空空如也。有一次，他不慎穿了朋友的制服也就算了，居然因為錢包裡的錢太多，誤以為是自己喝醉時偷拿了誰的錢包，乖乖送去派出所，倒成了一樁美談。

至於邪太郎，是個好色的男人。只要是被他看中的女人絕對逃不了，所以相當厲害。他曾追著春風一度的女人，進了皇居的二重橋內。偏偏皇家門衛拒絕讓他進入，於是他只好鑽進濠溝，划水游到石牆邊，翻過牆一看，那個女人正朝皇居深處走去。邪太郎還不死心地跟上去。只見寢室裡的皇后陛下從床上露出雪白的玉足，皺著眉頭。女人取出鑷子，三兩下就從玉足拔出棘刺，解除了皇后的痛苦。原來她是出去買鑷子的女官。女官回到宿舍時，邪太郎躲藏在樹叢後一把抱住她，女人急忙取出幾乎有修剪樹木的剪子那麼大的鑷子嚇唬他，沒出息的邪太郎當下落荒而逃。

妄介是個成天以說謊取樂的天真青年。說到他的謊話那可就精彩了。太陽自東邊升起，月亮也自東邊升起，我親眼看見的所以絕對是真的。這種話他說得面不改色。我今天看到年邁的老爺爺喔，我親眼看到的所以是真的——他如是說。如今沒有任何友人相信他，但大家好歹還是會裝出相信的表情笑嘻嘻聽他說。昨天也是，妄介看了普魯塔克[1]《英雄傳》，馬上開口說有一樁趣聞。安東尼與克麗奧佩特拉去釣魚。安東尼一條魚也沒釣到。於是安東尼偷偷命令漁夫，潛入水中把事先抓來的魚掛到魚鉤上。沒想到魚太快上鉤，被克麗奧佩特拉識破，當場正經地讚嘆一番，翌日，就暗中命令潛水夫把鹽漬的鹹魚掛到安東尼的魚鉤上。安東尼釣起後被狠狠嘲笑了一番，就是這樣的有趣故事。但頗有學識的四名友人知道，即便把《英雄傳》從頭到尾都翻遍了，也找不到這樣的故事，因此互使眼色扯袖子，還得憋住

1 普魯塔克（Plutarchus, 約 46-127），羅馬帝國時代的希臘作家，著有《希臘羅馬名人傳》（英雄傳）等。

笑意忙壞了。

殺雄很粗暴，非常愛打架。小學時，這傢伙罹患傷寒住院，被灌了不少米湯。於是他趁護士小姐去聊天時，偷偷鑽出被窩，一把抓住飛到窗口的麻雀，用自己身體的高熱烤熟麻雀，吃了一打之後，一下子就康復了。中學時，他在學校的樹林逮到菜花蛇，烤熟之後吃來令他吮指回味，這下子精力百倍，深夜趁著大嗓門的校長在睡覺，把老鼠炮放到校長的禿頭上，又在校長失聰的兩耳插上巨大的煙火，一齊點燃，做出如此壯舉。校長的腦袋咻咻冒出旋轉的火花，雙耳也噴出一丈高的菊花煙火，五顏六色非常壯觀，甚至至今仍被人津津樂道。但是拜這種微溫療法所賜，校長的禿頭長出了毛茸茸的黑髮，失聰的毛病也霍然痊癒，因此殺雄還得到獎狀。

至於飲五郎，他是罕見的酒鬼。幼年時，他曾跌落家中釀酒廠的酒缸裡，差點溺死。眼看酒缸中的酒越來越少，原來是他站著不停把酒喝到肚子裡，所以說他能夠輕鬆逃過一劫，完全是因為這孩子在溺死之前先選擇了喝酒。

話說，這樣的五人住到一起，當地的騷動與麻煩自然非同小可。他們幾個天不怕地不怕，沒有空閒像弱者那樣做夢，也沒時間像賢者那樣思考。五人的世界只有船和自己的肉體，至於女人與美酒與食物，他們認為需要時再從專送外賣的另一個世界隨時叫來就行了。撇除確信，世界不存在。於是抱著這種確信的五名青年，如果仰望藍天一同張開大嘴哈哈大笑，確信動搖的太陽一定會嚇得墜落，掉進五人之中的某張嘴裡，燙傷那人的舌頭。

不僅如此。五名學生為了保持這種開朗快活與騷擾旁人的過動活力，在衛生營養方面也不敢大意。早餐時，吞食生雞蛋是他們的例行功課。

用腳尖掀起萬年被窩的邊緣，把大矮桌往中央一放，五人面朝宿舍主婦送來的早餐開動。五人都快活得不得了，盤腿圍坐在矮桌邊的情景，就像要吃掉矮桌本身似的。

主婦替每個人盛飯時，偷吉拿筷子尖替背上搔癢，邪太郎拿筷子尖沾了一點味噌湯在矮桌上胡亂塗鴉，天真的妄介把筷子垂在嘴角兩端當作獠牙，殺雄拿筷子打死十隻桌上的蒼蠅，飲五郎對早飯漠不關心。

大家都有奇妙的習慣。規規矩矩地一同粗聲大吼「開動」後，紛紛將面前的雞蛋在小碗邊緣敲破，然後一同吞下肚。這家的主婦在這項儀式開始前，通常就已倉皇逃下樓了，因為這個老女人必須保重明治三十二年出廠製造的老舊耳膜。

至於附近的鄰居，現在當然是多少已經習慣了，但在五人剛搬來這裡時，近午時分突然傳來的可怕咆哮與隨之響起的那種驚心動魄的破裂聲，甚至令某些人嚇得奪門而出。每天早上生吞雞蛋儀式的野蠻巨響，都會傳遍周遭一里之內。

偷吉悶不吭聲地吞雞蛋。

邪太郎則是一邊舔舌，一邊感嘆：「這種絕妙的口感，簡直像女人。」

妄介邊吃還不忘吹牛：「小雞是從蛋生出來的，真的。」

殺雄咧嘴一笑，語出驚人：「活生生的果然就是好吃。」

飲五郎總是說：「好想喝蛋酒。」

於是五人露出非常滿足的表情，把嘴巴的倉庫門向左右盡力拉開，將所有的東西扒進嘴裡結束早餐後，毛毛腿往天花板一伸各自躺下，抽菸的人就把身旁朋友的額頭當成菸灰缸使用了。

*

某晚，五人去划船社的學長家吃飯，菜色有芝麻醬涼拌大象肉，青將魚生魚片，油炸貓肉，黑色金魚與金魚藻加上兩三隻豉豆蟲煮成的風雅羹湯，長頸鹿脖子切段紅燒等等。吃了數不盡的山珍海味之後，每人又各吃十碗飯，比平日更高興，勾肩搭背地一路引吭高歌走回家。當然，酒意早已滲透五人的全身上下每個毛細孔，就像橄欖樹的樹液滲透到葉梢，又好似敵人的遊擊隊滲透到我方司令部的地板下方。為了與四名友人同樣喝醉，飲五郎必須喝得特別多，因此今晚，飲五郎一個人就喝了日本清酒一斗五升九合，啤酒二打半，燒酒一升九合九勺，白蘭地三瓶，威士忌五瓶。而且費時不到五小時。於是飲五郎認真思考，是否能在自己的胃裡打上小釘子，再把綁了紅緞帶的開瓶器掛在那根釘子上，從此無論任何酒類都可以整瓶吞下肚，在胃裡開瓶喝光後，再如同蛇吞下雞蛋再吐出蛋殼一般，事後只要吐出空瓶就行了。

另外四人打斷飲五郎的形而上的沉思，開始放聲高歌划船社的加油歌，於是他也打個大呵欠來打拍子，開始唱歌。

瘟神之處
生不出船
形似妖婦
肥油滿腹

破浪前進
——衝啊！我們是船兒啊

這時飲五郎不停「嗝！嗝！」打拍子。眾人大笑，繼續歌唱。

妒意化為魔女
著實不遜色
美貌或速力
肉體或技巧
皆可與人比肩
——衝啊！我們是船兒啊

嗝！嗝！

比賽疲憊的日子

在安靜的河岸
沐浴樹梢灑落的陽光
爽朗地低語
「才不需要什麼男人」
——衝啊！我們是船兒啊

嗝！嗝！嗝！

他們邊笑邊唱勾肩搭背走下的，是出了學長家又走一段路後的迂迴坡道。時值深夜，只有零星的街燈照射在兩側高聳的石牆上。無月亦無星。坡下應該有電車道，但是聽不見電車鈍重的聲響，也沒有汽車喇叭尖銳斷續的聲音。

距離末班電車發車早已過了二小時，五人打算攔一輛破計程車，狠狠殺價後坐車返家。不過如果嚇唬得太狠，說不定又會像往常那樣，司機二話不說就把車開到派出所前，尖著嗓子控告五人。

走了又走，還是不見電車道。走到坡上陌生民宅櫛比鱗次的陰濕小巷，他們這才發覺走錯路了。小巷無法讓五人勾肩搭背並排同行，不得不分成三人組與二人組。

「反正只要繼續走下去，總會走到那條路上！」

其中一人高喊。於是五人再次又唱又叫地走過小巷。

小巷兩側錯綜複雜地聳立著早已陷入熟睡的民宅。看似還亮著燈的小窗，不過是反射遠處路燈的燈光罷了。按摩師與婦產科的招牌聳立，太暗了看不清上面的字，只能隱約辨認出「歡迎初診者」或「午後到府出診，週日除外」等字樣。殺雄一如往常看到招牌就有股衝動想拆下，但搭著夥伴肩膀的手沒空，所以就算了。

小巷的某一邊不時出現苔痕青青的低矮石牆。散發潮濕發霉的氣味，腳下的泥土也過度濕滑。

「你們剛剛有沒有聽到那邊有哨子聲？」

其中一人說。

「沒有呀。」

另一人說。

哨音的確響起。而且不是一兩聲，許多哨音紛亂交錯，相互呼應，漸漸接近。

五人聽到凌亂的腳步聲自眼前的轉角傳來，於是停下腳步。擋在五人面前的是幾名警察。警察把制服帽低低壓在眼前，也沒揮舞警棒，只是握在手裡，朝著斜前方伸出。然後不發一語，步步朝學生們逼近。

這五人雖然大膽，也看出事態麻煩，向後一個轉身便準備開溜。沒想到後方也有帽子壓得很低的一群警察逼近。前後方的人數似乎越來越多。從人群後方可以聽見隨後趕來的人還在拼命喘氣。

「有什麼事嗎？我們現在正要回宿舍。」偷吉首先以困倦欲眠的聲音四平八穩地開口。

「我要逮捕你們！」領頭的警察以異樣高亢尖銳的聲調說。

「我們什麼壞事也沒做。」

「我要逮捕你們！」警察再次重申。

偷吉放眼打量夥伴的臉孔，迅速使個眼色。活力充沛的五個年輕人收到暗號，一同朝前後方的警察撲去。這場亂鬥非常驚人，五人都使出渾身解數，抓起敵人一個一個丟出去，但是只聽見黑暗中不時響起堅固物體破裂毀壞的聲音。漸漸地，腳下的地面變得很滑，五人失足跌倒後，立刻被大批警察掛上手銬。

警察兩兩一組拽著每個人的手臂將五人帶走。路面勉強夠三人並肩同行，前方徐徐上坡。走在前面的偷吉，藉著轉角的路燈，不經意看到抓住自己手臂的警察側臉。霎時，他感到背上澆了一盆冷水，很後悔自己為什麼要看。因為每個警察都把帽子壓得很低。而帽子底下沒有臉。

被警察包圍的一行人肅穆走上小路。偷吉暗忖，其他惹事的夥伴都很安分，八成是因為跟自己一樣發現警察沒有臉了。但他立刻想起之前的酩酊大醉，於是決心這次一定要糾正自己眼花的錯覺。

這次，他改看另一邊，也就是左側警察的側臉。側臉沒有眼睛鼻子，只是一個白色的標準橢圓形。那雪白的肌膚擁有蘋果臉似的豐潤，但是質地堅硬，表面有種暗沉的光澤。

「啊，這些傢伙是蛋嘛！」

偷吉想。他當下思忖是否該拿自己堅硬如石的頭去撞擊，打破那臉蛋的殼。但是蛋頭警察巧妙地撇開臉，躲過偷吉的攻擊。

走到坡頂後，崖上出現壯麗的建築物。五人不只一次造訪學長家，卻從不知這一帶竟有這樣的建築。建築物是宛如棒球場的嶄新白石灰圓形建築，與棒球場不同之處是上方覆蓋圓形天頂。或許是建築師試圖反抗這種圓滿的形狀，另一端宛如瞭望台的角形部分自地面以四十五度角聳起，連根支柱也沒有，就這樣筆直伸向天空。

五人推開沉重的門扉被帶進內部。內部構造好似很大的圓形劇場，但是昏暗冰冷。起先什麼也看不見，只感覺似乎聚集了許多人，沒有衣服磨擦聲，倒有象牙牌互相碰觸的聲音鏗然響起。

五人被帶至圓形的中央。這才隱約看見眼前有莊嚴的白色台子，坐了三位法官。黑袍上的金線閃爍流光。審判長的臉上有痘疤，紅臉膛，是顆特別大的雞蛋。旁邊排排坐的書記員和庭丁乃至檢察官與辯護律師也全都是蛋。五人適應室內的光線後，才發現場內數千名的旁聽者也全都是蛋。

檢察官蛋突然開口。不過因為根本沒有嘴巴，實際上是以內在發出的悶聲如此說道：

「本席主張對被告偷吉、被告邪太郎、被告妄介、被告殺雄、被告飲五郎這五名不法學生求處死刑。這五名被告，褻瀆了蛋的神聖，對蛋恣意做出破壞行動，不僅拿來食用，還每天早上一同打破雞蛋，用那種聲音努力宣傳推廣雞蛋可供食用。

自從雞蛋供人食用以來，這段羞辱的歷史很漫長，但是從未見過像五人這般以露骨尖銳的表現手法生吞雞蛋……」

律師蛋站起來了。這是個非常瘦弱、看起來一點也不好吃的蛋。

「檢方雖這麼主張，但蛋殼比這五名被告的皮膚堅硬，柔弱的皮膚要打破堅硬的蛋，與其稱為弱肉強食，我認為毋寧該稱為反抗的行動。」

「堅硬也是一種脆弱。」檢察官力陳，進而轉為感傷的語調。「我們雖在形式上較為卓越，但被告等人在思想上更勝一籌。思想不拘多少都帶有暴力的性質……」

「但是被告等人，如各位所知是划船社的社員。要說他們有思想，按照一般社會概念，實在難以置信。還不如說他們有腕力。」

「腕力正是最初的思想。如果沒有靠腕力打破第一顆蛋，恐怕也不會發明將雞蛋供人食用的思想了。我們必須將他們的腕力視為危險的思想性行動。不，甚至該說，他們是在『雞蛋可供食用』這種思想的帶領下，發揮腕力。」——檢察官越說越激動，蛋殼自內部帶著微光泛起紅潮。「本席堅決要求對五名被告求處死刑。將偷吉處以煎蛋之刑，邪太郎處以炒蛋之刑，妄介處以水煮蛋之刑，殺雄處以荷包蛋之刑，飲五郎處以蛋酒之刑。」

聽到這求刑內容，旁聽席掀起一陣歡喜的騷動。許多蛋喀喀喀地互相撞擊，許多蛋黃在殼中大笑的波動傳來。五名學生面帶不滿地噘起嘴，唯有飲五郎看起來似乎有幾分歡迎這種刑罰。

「雖然檢方求刑如上，」瘦弱的律師蛋反駁，「但到底要用什麼方法對人類處以蛋式刑罰，我倒想請教具體的方法。人類真的含有那種雞蛋的蛋白質能夠做成煎蛋嗎？」

「當然可以。」檢方理直氣壯地主張。「人類既然每天吞食一顆我們的同胞，把人類煎烤之後當然可以做成煎蛋，這是科學真理。」

「那麼您認同在人體內分解的蛋又變成蛋的可能性？」

「沒錯。因此對人類處以蛋式極刑在化學上是可能的。」

「若是這樣，處以極刑等於是把重新組成的蛋，藉由蛋自己的手再次虐殺，犯下只不過是在做人類食用的雞蛋料理這個矛盾。與其處死，我倒認為不如讓五名被告體內的雞蛋復甦，為他們吞食的雞蛋遺屬帶來福音。」

「謬論！」——檢察官蛋很激動，拿臉去撞柱子，差點把蛋殼撞破。「我們應該報復！絕對要煎蛋！要炒蛋……」

五名學生被這麼荒謬的議論弄得目瞪口呆，終於有餘暇去冷靜眺望場內。事實上，醉意也開始清醒了。邪太郎四下打量，盤算著如果旁聽席之中有美女就拋個媚眼，但放眼望去只有個頭大小之分，完全沒有個性，令他很失望。蛋頭女子們似乎只是致力靠衣裳表現個性，衣裳之蕪雜繁多令人嘆為觀止。有的蛋甚至穿著華麗的日式大禮服，戴著包裹住兩頰的西式大帽子。另一方面，妄介很無聊，於是原地跺腳，結果鞋子撞擊地板發出金屬聲，把他嚇了一跳。

「這地板是鐵的耶。」他對朋友耳語。朋友們沒當真，只是嗤鼻一笑，根本懶得跺腳試試。妄介卯起勁來，四下一看，發現之前走進這座建築時看到那宛如瞭望台的細長突出部分，形成陡峭上升的傾斜走廊，與圓形部分相連。那就像是圓形部分附加的握柄。妄介忽然靈光一閃，用他平日說謊的開心語氣對朋友耳語：

「喂，你們看！這座建築是平底鍋耶。」

四人被他這麼一說，茫然眺望瞭望台。但從平底鍋中看去，很難看出平底鍋是平底鍋。四人心想，妄介這臭小子，又在說謊取樂了。

白色朦朧的台子上，審判長蛋左右晃了一下。似乎是在參考左右法官的意見。

最後審判長起立準備宣判。全場聽眾都很緊張，場內頓時響起一陣鼓譟。審判長以同樣高亢尖銳，但卻是莊嚴的聲音緩緩開口。

「辯護律師的意見，違反蛋類的道德，犯下人道主義的謬誤。因此依照檢方求刑，判處五名被告死刑。依據蛋類刑訴第八十二條，即刻行刑。」

旁聽席沒有響起歡呼，倒是喀恰喀恰撞擊蛋殼的聲音震耳欲聾。十名警察逼近學生。妄介用力低聲吼道：還拖拖拉拉的幹什麼！趕快行動呀！另外四人只好姑且相信妄介的謊言，戴著手銬一齊逃向瞭望台。走廊形成鐵溝，分明是平底鍋的握柄，五人衝上那頂端後，一同搖晃握柄的前端。這五人的體重，平均每人都有三十貫[2]，等於在鍋子的握柄掛上總重量一百五十貫的秤砣。場內頓時一片大亂，平底鍋整個翻覆，數千顆蛋發出轟然巨響紛紛滾落。那聲音響徹方圓百里，被驚醒的人們全都衝到黎明前的戶外。只見幾千顆蛋互相撞擊，砸落地面，破裂粉碎，蛋白與蛋黃就像被攪拌器攪拌過那般完全混在一起，成了蓄水池那麼大一灘。這時，石油公司漂亮的水藍色油罐車經過附近，正好是空的，於是自認對這龐大的蛋池擁有所

2 貫，日本的重量單位，一貫約三．七五公斤。

有權的五人，急忙把蛋汁全都灌進油罐車，讓人運到宿舍。

從此每天早上，偷吉與邪太郎與妄介與殺雄與飲五郎，只好拼命吃煎蛋。即便把面前那份足足有坐墊大的煎蛋吃光，材料還是不知幾時才能用完。附近鄰居依然會在每天早上聽到那咆哮聲，卻不再有破裂聲伴隨，總算比之前好一些。就這樣，快活的五人失去了每早各打一顆蛋的樂趣，但已經一次打破那麼多顆蛋了，所以也沒辦法，只好死心。

寫詩的少年

詩源源不絕，非常輕鬆地流暢寫成。印有學習院校名的三十頁雜記簿一下子就寫完了。為何可以這樣每天寫出兩三則詩篇呢？少年很訝異。因病臥床一週時，少年自行編訂了一本《一週詩集》。他把筆記本的封面剪出橢圓形的洞，可以看見第一頁的Poésies（詩集）這個字。底下用英文寫著12th.→18 th. MAY 1940。

他的詩在學校學長之間頗獲好評。但他認為那是騙人的。「只不過因為我才十五歲，所以大家瞎起鬨罷了。」

但少年確信自己是天才。所以，他對學長說話的態度頗為自大。他不願用「我認為或許是……」這種說話方式。無論什麼事，他都留心用「那就是……」這種說法。

他因自瀆過度罹患貧血症。但，他還沒察覺自己的醜陋。詩與這種生理上的不快是兩回事。詩與任何東西都不同。他說出微妙的謊言。藉由詩，學會如何微妙地說謊。只要言詞優美就行了。於是，他每天仔細閱讀字典。

少年心神恍惚時，總是在眼前出現比喻的世界。毛蟲們把櫻葉變成蕾絲，拋出的小石子，越過明亮的橡樹，去看海了。起重機將陰天海面上皺巴巴的床單扯得亂七八糟，在那下方尋找溺死者。金龜子接近的桃子化了淡妝，奔跑者的周遭，宛如雕像背後的火燄，空氣混亂糾結緊繃。夕陽是凶兆，是殺菌藥水的濃褐色。冬天的樹紛紛朝天空伸出義肢。還有暖爐旁的少女裸體，看似燃燒的薔薇，但走近窗邊，才發現那是假花，因寒冷而起雞皮疙瘩的皮膚，變成一片起毛球的天鵝絨花。

實際上，世界如此變貌時，他感到無比幸福。詩誕生時，自己必然處於這種幸福狀態，對此少年並不訝異。從悲傷與詛咒與絕望之中，從孤獨之中誕生詩篇，這種事頭腦雖然明白，但是為此，有何必要對自己更感興趣、對自己課以某種問題？雖然認定自己是天才，但不可思議地，少年對自己並無太大興趣。外界更吸引他。應該說，在他毫無理由感到幸福的瞬間，外界輕易地按照他的喜好成形，這樣的說法或許更適當。

詩這種東西，是為了保證他當下的幸福才出現嗎？亦或，是詩的誕生，他才能幸福？這點不太確定。但那種幸福，顯然與大人把你渴望許久的東西買來送給你，或是跟著父母出門旅行的那種幸福不同。那想必不是人人都有的幸福，可以確定那是只有他一個人才知道的東西。

無論是對外界或對自己，總之少年並不喜歡盯著看上許久。吸引注意力的對象如果沒有迅速變換成某種影像，比方說嫩葉的葉叢微光，如果那發亮的白色部分沒有變貌，在五月的正午看似盛開的夜櫻，他就會立刻感到厭倦不再注視。對於顯然不可能有絲毫變貌的無聊物象，他會覺得「那不能成為詩」，於是冷漠以對。

考試時出現事先猜到的題目，他匆匆寫下答案後，也沒仔細檢查便交到講台上，比全班任何人都提早離開教室時，他會一邊越過上午空無一人的操場往校門走，一邊看著升旗台的旗桿頂端那顆金球閃閃發光。於是，忽然就有了一種難以言喻的幸福感。上面沒有掛旗子，所以今天不是假日。但今天是自己的心靈假日，那顆金球的閃亮似乎是在祝福自己。少年的心輕易脫離肉體開始思考詩句。這一瞬間的恍惚感。充實的孤獨。異常的輕快。徹頭徹尾的明晰酩酊。外界與內在的親和……

當這種狀態無法自動降臨時，他也曾利用身邊的物品，勉強試圖喚來同樣的酩酊。例如透過虎斑的玳瑁煙盒注視室內。猛烈搖晃母親的水粉瓶子，然後望著瓶中白粉一陣亂舞後，留下上層澄澈的水，徐徐在瓶底沉澱的情景。

他也會毫無感動地，使用「祈禱」或「詛咒」或「侮蔑」這些字眼。

少年加入了文藝社。社裡的幹部把鑰匙借給他，因此只要他想去時隨時都可以去社團教室，一個人盡情閱讀他喜愛的字典。他喜歡看世界文學大辭典的浪漫派詩人這一項。因為那些詩人的肖像絕對不會有滿臉毛茸茸的大鬍子，每個人都年輕俊美。

他對詩人的薄命深感興趣。詩人非得早死不可。就算要夭折，十五歲的他還有大把時間，所以基於這種數學上的安心感，少年滿懷幸福地思考夭折。

他喜歡王爾德[1]的〈濟慈之墓〉這首短詩。「在生命與愛尚年輕時就被奪走生命，為此殉教的年輕人躺在這裡……」為此殉教的年輕人躺在這裡。實際上不幸的災厄，如恩寵般襲擊這些詩人，是很驚人的。他相信預定和諧[2]。詩人傳記的預定和諧。相信那個，與相信自己的天才，對他來說完全一樣。

思考寫給自己的長篇悼詞及死後的名聲，是很愉快的事。但想到自己的屍體，會有點尷尬。他熱烈地想：「像煙火那般活著吧！在一瞬間盡情妝點夜空，旋即消失。」他想了很多，卻想不出其他的生活方式。但他不願自殺。預定和諧應該會以

1 王爾德（Oscar Wilde, 1854-1900），愛爾蘭作家、詩人、劇作家。
2 預定和諧，德國哲學家萊布尼茲學說的根本原理，相互獨立的單子組成的世界是在神的意志下事先已預定了和諧關係。

最佳方式殺死他。

詩開始令少年在精神上出現怠惰的傾向。如果在精神上更勤勉，想必會更熱心地思考自殺吧。

朝會時，學監喊他的名字。叫他到學監辦公室報到。被叫去那裡，比起被叫去教官室，意味著更嚴厲的斥責。「你應該心裡有數吧？」友人們如此調侃他。他的臉色蒼白，雙手發抖。

學監拿著鐵製的火筷，在沒有火的火盆餘燼中寫字，一邊等待少年。少年進來後，他以溫和的聲調說：「坐吧。」並沒有斥責少年。他說看了少年刊登在校友會雜誌上的詩作。之後，學監針對詩作及家庭提出種種問題。最後他說：

「席勒[3]與歌德[4]，是二種類型。席勒你知道吧？」

「席雷爾[5]嗎？」

「是的。你千萬不能變成席勒喔。應該效法歌德。」

少年走出學監辦公室回教室時，不滿地板起臉，拖著腳步走。歌德與席勒的作品他都沒看過。但是他看過肖像。「我不喜歡歌德。那是個老頭子。席勒很年輕。我比較喜歡席勒。」

比他年長五歲的學長R這位文藝社社長，非常照顧他。他也漸漸對R頗有好感。因為，R明確認定自己是懷才不遇的天才，不把年齡上的差距當一回事，爽快認同少年也是天才，所以天才與天才當然應該做朋友。

R是某侯爵家的嫡子。於是他自以為是法國的利爾亞當[6]伯爵，對自己的顯赫家世引以為傲，將他對舊日貴族文藝傳統的耽美式惋惜寫成作品。R也曾把詩作與小品彙集成一冊自費出版，那讓少年很嫉妒。

二人每天都會長篇累牘地通信。這項通信的日課很愉快。少年幾乎每早都會收到R寄來的杏子色西式信封。縱使是再厚的信，重量也可想而知，但信件這種異樣厚實的輕盈，這種充滿輕快之感，大大取悅了少年。二人在信件末尾，通常會寫上近作或當天寫的詩，如果來不及時，就抄錄舊詩。

---

3 席勒（Johann Christoph Friedrich von Schiller, 1759-1805），德國詩人，德國啟蒙文學的代表人物之一。與歌德為好友，也共同創作了許多詩歌。

4 歌德（Johann Wolfgang von Goethe, 1749-1832），德國詩人、小說家、思想家。著有《少年維特的煩惱》等。

5 日本受到舞台式德語的影響，將「Schiller」如此發音。

6 利爾亞當（Auguste Villiers de L'Isle-Adam, 1838-1889），法國詩人、作家，象徵主義代表者之一。

至於信件的內容就漫無邊際包羅萬象了。從批評對方前一封信的詩作開始，乃至沒完沒了的閒聊，聽過的音樂，平時家族的小故事，對某位美少女的印象，讀書心得報告，從某個單字啟發了一個詩篇世界的詩意體驗，針對昨晚夢境的詳細敘述等等。對於這種習慣，二十歲的青年與十五歲的少年絲毫不覺厭倦。

但是，少年發現在R的信件背後，藏有自己信中絕對沒有的少許憂鬱、少許不安的陰影。對現實的危懼，對於將來不得不面臨某些事物的不安，令R的信有種惆悵與苦澀。那對幸福的少年而言，似乎是一種絕不會落到自己身上、與己無緣的陰影。

我可曾被某種醜陋喚醒？少年不曾這麼想過，也毫無預感。例如歌德最後就是被那個襲擊，忍耐多年漸漸老去。那種東西不可能降臨少年身上。堪稱美麗又醜陋的青春同樣離他還很遠。在自己內心發現的醜陋全都忘了。

把藝術與藝術家混為一談的幻想，令世間天真少女的目光集中在藝術家身上的這種幻想，他自己也深受其害。他對自我的存在分析與研究不感興趣，卻總是夢見自己。他自己，屬於那個少女裸體變成假花般不停變幻的比喻世界。創造美的人不可能是醜的。少年固執地如此認為，卻終究沒想到背後還有一個更重要的命題。換言之，美好的人是否還有必要創造美好的事物。

必要？若被問到這個名詞，少年肯定會笑了。因為他的詩不是因應必要而生。那是完全自然的，即便自己心生抗拒，詩也會操縱他的手，讓他在紙上寫字。若說必要，就得有某種欠缺的前提。但是並沒有。怎麼想也沒有。首先他把詩的泉源全用天才這省事的詞解決了，另一方面，他也無法相信有自己意識不到的深度欠缺，就算相信，與其將之稱為欠缺，他更喜歡稱之為天才。

不過話說回來，少年對自己的詩作，並非毫無批判能力。比方說學長們讚不絕口的四行詩之一，他就覺得輕薄、可恥。詩的大意是說，即便如此透明的玻璃切口也是青色的，所以妳那清澈的雙眸，想必也能蘊藏許多戀情。

他人的讚賞當然令少年很高興，但傲慢拯救了他，讓他不致於沉溺其中。本來，就連對R的才華他都不太佩服。R在文藝社的學長當中，的確格外有才華，但他的話並未特別在少年的心裡造成分量。少年的內心有個冰冷的所在。若非R那樣極盡讚美少年的詩才，少年恐怕也不會認同R的才華了。

他沒有品嘗到那每一次的靜謐幸福滋味，相對地卻很清楚自己欠缺少年人應有的粗雜感性。每年春秋二季，學習院的中等科與附屬中學，會舉行號稱附屬戰的棒球比賽。學習院這邊如果輸了，賽後，加油的學弟妹也會圍繞痛哭的球員們跟著一起哭。但他沒有哭。因為他一點也不難過。

「只不過輸了棒球比賽，有什麼好難過的？」他心想。那哭泣的臉，離他的心很遙遠。少年知道自己的確脆弱易感，但那種敏感完全朝著與他人不同的方向，另一方面，惹哭別人對他的心情絲毫沒有影響。

少年寫的詩，逐漸充斥戀愛題材。他沒有談過戀愛。但他已厭倦老是假藉自然風貌的改變來寫詩，他轉而起意歌詠心情的時刻變化。對於吟詠自己尚無經驗的題材，少年毫不心虛。他從一開始就確信藝術本就如此。對於自己的沒經驗他並不怨嘆。事實上在他尚未體驗的世界現實與他的內心世界之間，本就沒有對立與緊張，因此他沒必要勉強相信自我內在世界的優勢，透過某種不合理的確信，他甚至可以認定這世上沒有任何情感是他不曾體驗過的。因為，對他這樣的敏銳感受性而言，世間一切情感的原形（即便在某些場合只是預感），經過一再複習之後，其他的體驗全都可以藉由這些情感元素的適當組合而成立。至於什麼是情感的元素？他武斷地做出定義：「那就是文字。」

文字真正有個性的使用方式，他尚未習得。但他在字典裡找到許多名詞，往往越普遍的名詞，意義與內容就越多樣化，因此會被認為具有個性化的個人獨特使用法。但這種獨特的使用法，不見得非要透過親身體驗才能創造或增色。

我們的內在世界與文字的邂逅，有時是個性化的東西觸及普遍性的東西，也有時是藉由普遍性的東西磨練之後才能得到個性化的東西。這種難以形容的內在經驗，在十五歲的小少年內心，也已充分累積。因為他碰上一個新名詞時感到的違和感，同時也會讓他的內在體驗某種未知的情感。而那，也幫助他在表面上維持與年紀不符的平靜。因為當心裡萌生某種情感時，那種情感在心頭激起的違和感，立刻會令人想起前述違和感中的適當對象，想起激發那個的名詞，並且已習慣藉由那個名詞替當下的情感爽快命名，做出處理。因此，無論是「絕望」或「詛咒」，「戀愛的喜悅」或「失戀的悲嘆」，「苦惱」或「屈辱」，少年通通都知道。

要稱之為想像力很容易。但少年拿不定主意是否該如此命名。若稱之為想像力，就必須想像他人的痛苦，設身處地移入自己的情感。而少年的冷漠，令他感覺不到他人的痛苦。自己不痛不癢，只是嘀咕：「那就叫做痛苦。我知道。」

五月某個晴朗的午後。放學了。少年盤算著文藝社的社團教室若有誰在就說說話再回家，於是朝那裡走去。途中遇到Ｒ。

「正好。我有話跟你說。」Ｒ說。

二人從舊校舍的組合屋教室，走進用三夾板隔成各社團教室的建築物。文藝社位於昏暗一樓的一隅。運動社團的教室那邊，傳來喧鬧聲、笑聲以及校歌，音樂社的社團教室，傳來遙遠模糊的鋼琴聲。

Ｒ將鑰匙插進破木板門的鑰匙孔。那扇門在開鎖後，還得用整個身體去撞開。社團教室空無一人。只有熟悉的灰塵氣味。Ｒ先去打開窗子，把沾了灰塵的手在窗外拍一拍，在快要壞掉的椅子坐下。

安頓好後，少年立刻開口。

「我昨晚做了一個有顏色的夢喔。我本來打算今天回家後就寫信給你。（少年認為有色彩的夢是詩人的特權，頗為得意。）……夢中的我在一個很像紅土山丘的地方。那種紅土的顏色很鮮明，夕陽落下火紅的餘光，令紅土的顏色更加惹眼。這時右邊有人拖著長長的鍊子出現。鍊子另一端栓的，是一隻比人大上四、五倍的孔雀，孔雀收起羽毛，被人牽著緩緩走過我眼前。那隻孔雀的顏色是鮮亮的綠色。全身都是綠的，綠得閃閃發光，非常漂亮。我目不轉睛地看著孔雀被牽著越走越遠，直到再也看不見為止……那個夢太精彩了。我每次做到有顏色的夢時，必然是過度鮮明的鮮豔色彩。如果依照佛洛伊德的夢的解析，綠色的孔雀，不知代表什麼意義？」

「嗯……」

R不置可否。

R和平日不大一樣。雖然他的臉色一向很差，但這天他沒有用那種帶著安靜熱度的聲音說話，也沒有以熱烈的反應回報少年的敘述。他顯然是心不在焉地聆聽少年自言自語。不，他根本沒在聽。

他的制服高領周圍，微微散落頭皮屑。昏暗的光線令金色的櫻花襟章發亮，他那比一般人高挺的大鼻子誇張地聳動。其實他的鼻子只是有點太大，形狀倒是挺秀麗的，現在那鼻子露出非常困惑的表情。少年感到，他的苦惱似乎在那上頭結晶了。

桌上布滿灰塵，胡亂堆放著舊校正稿和量尺、少了筆芯的紅鉛筆、校友會雜誌合訂本，以及沒有寫完的稿紙。少年很喜愛這種文學式的雜亂。只見R伸出手，像要憂鬱地整理東西，朝那舊校正稿伸手。結果他白皙纖細的指尖，立刻染上鼠灰色塵埃。少年吃吃發笑。但R沒有笑，他啐了一聲，一邊拍手撢灰塵，一邊說道：

「其實，我今天有話跟你說。」

「什麼事？」

「其實我……」——R欲言又止，然後才連珠炮似地一口氣說：「我很苦惱。我遇上很難過的事。」

「是戀愛了嗎？」

少年冷靜地問。

「嗯。」

之後R這才說出自己目前的處境。他與年輕的有夫之婦相愛，被他父親發現，棒打鴛鴦。

少年瞪著大眼睛，仔細打量R。他心想：「這裡有個為情所困的人。我第一次親眼目睹戀愛。」那並非美麗的風景。嚴格說來其實令人看了很不快。R失去平日的蓬勃生氣，垂頭喪氣，簡而言之心情極糟。那是遺失東西或沒趕上電車的人，經常露出的表情。

不過，聽到學長吐露戀情，刺激了少年的虛榮心。他多少有點竊喜。他努力試圖做出一本正經、頗有同感的悲傷表情。但是，實際墜入情網的人那種平庸，令他有點惆悵。

少年的心裡終於想出安慰之詞。

「真是苦了你了。不過，這樣一定能夠寫出好詩吧？」

R無力地回答：

「我哪還有寫詩的心情。」

「可是，詩不就是在這種時候拯救人類的東西嗎？」

少年忽然想到自己寫出詩作時的幸福狀態。如果借助那幸福的力量，想必可以打倒任何不幸與懊惱。

「那可不行。你還不懂啦。」

這句話刺傷了少年的自尊心。少年的心變得冷漠，企圖報復。

「可是若是真正的詩人、真正的天才，這種時候，詩應該會拯救你才對吧？」

「歌德寫出了維特，讓自己免於自殺。」R回答。「但是歌德就是因為打從心底感到，詩或其他任何東西都救不了自己，除了自殺真的已別無選擇，才能寫出那種東西。」

「如果照你這麼說，歌德為何沒有自殺？寫作與自殺如果一樣，為何他沒有選擇自殺？歌德沒有自殺是因為膽小嗎？亦或是因為他是天才？」

「因為他是天才。」

「那麼……」

少年還想再質問一句，然而連他自己也不明白了。歌德的自我中心主義到頭來讓他免於自殺——這個觀念雖不明確，卻模糊地浮現心頭。少年強烈感到渴望用這種觀念替自己辯護的衝動。R說的那句「你還不懂」，深深刺傷少年的心。在他這個年齡，對年紀的自卑感比什麼都強烈。雖未說出口，但少年想出一個用來嘲笑R最適當的絕妙理論：「此人不是天才。因為他居然會去談那什麼鬼戀愛。」

R的戀情的確是真正的戀愛。是天才絕不可能會有的戀情。R舉出藤壺與源氏[7]的戀情，佩利亞斯與梅麗桑德[8]的戀情，崔斯坦與伊索德[9]的戀情，克萊芙王妃與內幕爾公爵[10]的戀情，以及其他種種不倫之戀為例來粉飾自己的苦惱。

少年邊聽，邊為他的告白缺乏任何未知要素感到驚愕。一切都已被書寫，一切都已被預感，一切都已被複習。寫出來的戀情顯然遠遠更加生動。詩中謳歌的戀情遠遠更加美妙。R為了追求遠甚於此的美夢，親自跑到現實中的舉動令他費解。少年不懂對凡庸的欲求是如何產生的。

R在敘述的過程中，似乎漸漸放下心防，開始長篇大論地談起自己的情人有多麼美麗。聽起來似乎是個很出色的美人兒，但少年想像不出任何形貌。R說下次要拿照片給少年看。然後R有點羞澀地，做出極具效果的結論。

「她說我的額頭很美。」

少年看著R撩起的頭髮下露出的額頭。俊秀的額頭，在戶外的微光下，皮膚表面淡淡發光，清晰勾勒出二個無形的大拳頭合在一起的形狀。

「還真是了不得的額頭。」少年暗想。他一點也不覺得美麗。「我的額頭也很厲害。但那和額頭很美是兩回事。」

——這時少年忽然有某種覺醒。他發現對戀愛或人生的認識之中必然會夾雜某種滑稽的東西，就是那種少了那個就無法活在人生與戀愛之中的滑稽夾雜物——自

---

7 紫式部的《源氏物語》中的人物。

8 比利時作家劇作家梅特林克的《佩利亞斯與梅麗桑德》（*Pelléas et Mélisande*）的主角。

9 歐洲中世紀宮廷詩人流傳的愛情故事，描寫騎士崔斯坦（Tristan）與王妃伊索德（Isolde）的苦戀。

10 法國作家拉斐特夫人的《克萊芙王妃》（*La Princesse de Clèves*）的主角。

以為自己的額頭很美。

少年亦然（當然更加觀念性），或許在人生之中也懷有類似的自以為是。說不定，或許我也活著。這種想法令人悚然一驚。

「你在想什麼？」

R以一如往常的溫和語氣問。

少年咬著下唇笑了。戶外漸漸暗了下來。棒球隊練習的叫聲傳來，響起球被球棒擊中飛向天空那一剎那清脆明快的聲音。

「或許有一天我也將不再寫詩。」少年有生以來頭一次這麼想。但是距離他發現自己不是詩人還有很久很久。

海與夕陽

時值文永九年的晚夏。後面會有需要因此在此附帶說明，文永九年是西元一二七二年。

年老的寺中雜役與一名少年，相偕登上鎌倉建長寺後方的勝上岳。雜役每逢夏天下午打掃完畢後，若碰上夕陽應該會很美的日子，總是喜歡在日落前登上勝上岳。

至於少年，老是被來寺裡玩耍的村童們譏笑他又聾又啞而排擠在外，雜役可憐他，於是帶他一同登上勝上岳山頂。

這個雜役名叫安里。個子不高，卻有對清澈的碧眼。他的鼻子高挺，眼窩深邃，乍看之下與一般人的長相大不相同。因此村裡的頑童私下都喊安里是「天狗[1]」。

他講起話來口齒流利毫無怪異之處，也沒有明顯的外國口音。因為安里伴隨這座寺廟的開山始祖大覺禪師蘭溪道隆來到此地，已有二十幾年了。

夏天的日光西斜，昭堂[2]那一帶被山脈遮住，日光早已暗了下來。山門宛如暗影與光明的分界線巍然聳立。在樹木繁茂的整座寺內，這正是暗影漸增的時刻。

但安里與少年登上的勝上岳西側，仍然籠罩在熱力未衰的日光下，滿山的蟬聲聒噪。雜草叢生的山道沿路，豔紅色的曼珠沙華[3]搶在秋天來臨前，已點點綻放。

二人抵達山頂後，也沒擦汗，任由輕輕的山風吹乾肌膚。

建長寺的無數塔頂，盡在眼下。西來院、同契院、妙高院、寶珠院、天源院、龍峰院。山門旁有大覺禪師從祖國大宋帶來的樹苗長成的小棵檜柏，晚夏的日光聚集在葉子上，即便從這裡也看得見。

而在勝上岳的山腹處，內院的屋頂緊靠在它的下方，鐘樓則聳立在更下方。禪師的坐禪窟下，花季時蔚為整片花海的櫻樹林，現在形成徐緩的葉櫻影子。山腳有大覺池，自樹木之間反射水面的暗光，提示它的存在。

安里看的不是那些景色。

鎌倉的山谷起伏的彼端，是遠處連成一線燦然發光的大海。夏天時，可以從這裡看見夕陽沉入稻村崎一帶的海面。

水平線的深藍色與天空交接處，堆積著低矮的雲層。它文風不動，卻如夕顏花

1 天狗，傳說中住在深山的妖怪，紅臉高鼻，背有雙翼，可自由飛翔。
2 昭堂，禪宗寺院裡，安置祖師像或牌位的地方。
3 曼珠沙華，即石蒜，又名彼岸花。

的花瓣舒展，非常安靜地伸展開來，一點一滴變換形狀。上方是有點褪色的蔚藍晴空，雲層尚不到染上橙色的時候，但內部透出的光芒，替它淡淡刷上杏黃色的光影。

天空正是夏秋爭輝的風景。怎麼說呢，因為在那遠離水平線的高空上，正有卷積雲[4]橫向飄散。卷積雲在鎌倉的群谷上方，鋪滿柔軟細小的雲斑。

「噢，簡直像羊群。」

安里以蒼老沙啞的聲音說。但聾啞少年在旁邊的石頭坐下，只是定睛仰望雜役的臉。雜役等於是在自言自語。

少年什麼也聽不見，少年的心什麼也不懂。但，那清澈的雙眼非常聰穎，彷彿可以將安里心裡想說的，而非口中說出的，透過安里那清澈的碧眼直接映現在少年的眼中。

因此，安里才會像是在對少年發話。他說的語言，不是他平時運用自如的日語。是混雜故鄉中央山區方言的法語，如果其他的頑童聽到了，八成會認為這種有很多母音聽起來柔滑滾動的語言很不適合「天狗」。

安里再次帶著嘆息說：

「啊呀，簡直像羊群。塞文山脈那些可愛的小羊不知怎樣了？牠們想必已有了孩子、孫子、曾孫子，最後終於死了吧。」

他在一塊岩石坐下，占據夏草遮不住遠方海景的位置。

蟬聲嗡嗡響徹整片山谷。

安里清澈的碧眼轉向少年，開口說道：

「我說什麼你都不會懂。但你和那些村民不同，應該會相信我的話吧。我願意告訴你。或許你也難以置信，但請聽我說。除了你，再也沒人會把我的話當真了。」

安里絮絮說道。詞窮之後，他做個陌生的古怪動作，似乎是想藉由那個動作重啟話題。

「……以前，在我像你這個年紀，不，比你更小的時候，我在塞文放羊。塞文山脈，是法國美麗的中央山區，位於庇拉山的南部，是土魯斯伯爵的領地。我這麼說你也不會懂。因為這裡的人，連我的祖國名稱都沒聽說過。

---

4 卷積雲，亦稱鱗雲、鰯雲、鯖雲，因常出現在秋天，代表秋的到來，故文中有此說法。

時間，正是第五次十字軍一度奪回聖地，卻又再次被奪走的西元一二一二年。法國人沉浸在悲傷中，女人們再次穿上喪服。

某個傍晚，我放羊回來，正要爬上一座山丘。天空澄澈得不可思議。我帶的狗低聲咆哮，垂下尾巴，似乎想躲在我背後。

我看到基督穿著閃耀白光的衣服，從山丘上朝我走下來。祂就像畫上經常看到的那樣留著鬍子，露出非常慈愛的笑容。我趴伏在地。天主伸出手，確實碰觸到我的頭髮，如此說道：

『奪回聖地的將會是你，安里。你們這些少年，要從異教徒土耳其人的手中奪回耶路撒冷。你可以召集大批同志，前往馬賽。地中海的海水將一分為二，引導你們前往聖地。』

……我的確這麼聽見。之後我失神暈倒。是狗舔著我的臉將我喚醒，驀然回神的我，發現在薄暮中憂心忡忡湊近看著我的狗就在眼前。我的全身已大汗淋漓。

回去之後我沒把這件事告訴任何人。因為我猜無人會相信。

過了四、五天後是個雨天。我獨自待在看羊的小屋。就在與之前一樣的薄暮時分，有人來敲門。我出去一看，眼前站著年老的旅人。他向我討麵包吃。我仔細打量那個旅人。他的鼻樑高挺，滿臉白鬍，相貌莊嚴，尤其是眼睛特別深邃，清澈得嚇人。因為正在下雨，於是我請他進屋坐坐，但他沒回答。定睛一看，他雖從雨中走來，衣服卻一點也沒被淋濕。

我當下感到畏懼，吶吶難言。老人為麵包道謝後，飄然離去。臨走時，我聽到他以清晰的聲音在我耳邊說：

『上次的神諭你忘了嗎？為何躊躇不前？你可是神派遣的使者喲。』

我急忙想去追老人。

但四下一片漆黑，雨勢很大，早已不見老人的蹤影。羊群擠在一起不安的啼聲，在雨中傳來。

……那晚，我徹夜難眠。

翌日，我去放羊時，忍不住把這件事告訴與我最親近的同齡牧羊人。那個虔誠的少年聽了之後，立刻屈身在苜蓿花上跪倒，向我膜拜行禮。

不到旬日，附近的牧羊人已紛紛聚集到我身邊。我絕非傲慢的少年，但大家竟然自願成為我的弟子。

漸漸地，在我的村子不遠處，謠傳有八歲的預言者出現。據說這個年幼的預言者會說教、展現奇蹟。也有傳聞說小預言者把手拂過盲眼少女的雙眼後，少女便重見光明了。

我與弟子們趕往該地。預言者和其他的孩童在一起，正愉快地發出笑聲玩耍。我在那孩子的面前跪倒。將神諭細細說給他聽。

小孩有著牛乳般的肌膚，金色捲髮堆在隱約透出青色靜脈的額頭上。見我跪下，他收起笑容，小巧的嘴角抽搐了兩三下。但他並不是在看我。他是在茫然凝視牧場高低起伏的地平線。

於是我也朝那邊看去。那裡有相當高的橄欖樹。樹梢灑落光點，枝葉之間，彷彿從內側發亮。一陣風吹過。小孩嚴肅地伸手碰觸我的肩，指向彼方。於是，我清楚看見，在那樹梢上，有許多天使正在搧動發出金光的翅膀。

『你要向東走。朝東邊一直走下去。為此，你最好聽從神的指示去馬賽。』

小孩以迥異剛才的嚴肅聲調說。

流言就這麼傳開了。在法國各地，同樣的事件不斷發生。十字軍戰死者的孩子們，某日拿著父親遺留的長劍逕自離家。也有某個地方，剛剛還在庭院噴水池邊玩耍的孩子，忽然把玩具一扔，向女傭要了一點麵包就走了。如果被母親逮到責罵，小孩就會吵著要去馬賽。

在某個村子的廣場，天還沒亮，便聚集了許多偷偷從被窩鑽出的孩子，他們一邊唱聖歌，一邊踏上未知的旅程。等大人醒來時，村子裡除了還不會走路的小娃娃，已經沒有半個小孩了。

我帶著越來越多同志，開始準備馬賽之旅，父母把我拽回來，哭著責怪我的莽撞。但我的大批弟子，趕走了這對不虔誠的父母。與我一同啟程的不下百人。法國與德國各地，有多達數千名的孩子加入這支十字軍。

旅途並不輕鬆。出發不到半日，就有最年幼體弱的孩子不支倒下。我們埋葬遺骸為他哭泣，在那裡豎立小小的木製十字架。

另一隊的百名孩童，在不知情的情況下進入黑死病流行的地區，據說全都死了。我們的隊伍當中，也有少女在過度疲勞下精神錯亂跳崖身亡。

不可思議的是，死去的孩子們，必然會看見聖地的幻影。那想必不是如今早已荒廢的聖地，而是百合怒放、蜜汁流淌的沃野幻影。我們為何會知道呢？因為瀕死者會說出他所看到的幻象，或者即便不說，看起來也目光恍惚似乎正面對巨大的光芒。

最後我們抵達了馬賽。

那裡已有數十名少年少女在等我們。他們以為只要我們一到，海水就會自動分開。當我們到達時，人數已銳減，只剩三分之一。

我在臉頰發光的孩童圍繞下前往港口。港口豎立著許多船桅，水手們好奇地注視我們。我就在岸邊祈禱。夕陽照射，海面很刺眼。我祈禱了許久。海上依舊是一片汪洋，浪濤毫不客氣地朝岸邊打來。

但我們沒有放棄。天主一定是在等大家到齊。

孩子們陸陸續續抵達。大家都累壞了，其中也有病得很嚴重的人。我們空等多日。海水依然沒有分開。

這時一名看似極為虔誠的男人走近，聲稱要捐錢給我們。而且他還客氣地說，希望有這個榮幸用他的船送我們去耶路撒冷。有一半的孩子心懷疑慮不願搭船，但包括我在內的另一半孩子，勇敢地上船了。

船沒有開往聖地，船頭向南，最後抵達埃及的亞歷山大港。在那裡的奴隸市場，我們通通被賣掉了。」

……安里沉默片刻。似乎又在回想當時的憾恨。

天空浮現了晚夏的壯麗夕陽。卷積雲完全染紅，也有的雲朵宛如橫向拖曳著紅黃相間的長條旗幟。海的彼方，天空猶如熊熊燃燒的爐子。就連附近的草木，也映著天空的火燄，將綠色襯托得更鮮明。

安里的話語，似乎是直接對著夕陽，朝夕陽發話。從他的眼中，可以看見在那閃耀的海面火燄中有故鄉的風景與故鄉人們的臉孔。也可見到少年時代的自己。以及那群放羊的朋友。夏季天熱時，他們脫下粗布單衣的某一邊袖子，露出少年雪白胸口的薔薇色乳頭。被殺，或是不幸死去的年輕十字軍戰士們的臉孔，成群出現在海面的晚霞中。他們雖未戴頭盔，但金髮與亞麻色的頭髮，在夕陽餘暉下宛如戴著火燄頭盔。

倖存的少年也已鳥獸散。漫長的奴隸生涯中，安里從未遇見過熟面孔。也終究未能造訪曾經那般嚮往的耶路撒冷聖地。

安里成了波斯商人的奴隸。繼而又被賣去印度。在那裡，他聽說鐵木真的孫子拔都西征的傳聞。想到故國的危急他不禁哭了。

當時，大覺禪師正好去印度學習佛教。偶然的機緣下，安里藉助禪師之力重獲自由身。為了報恩，他決心終生伺候禪師。於是追隨禪師返國，繼而聽說禪師要前往日本，又主動請命，陪伴禪師來到日本。

如今安里的心境平和。他早已放棄重返祖國的空虛願望，有了埋骨日本的心理準備。他常聆聽禪師的教誨，不會隨便渴求來世，或憧憬未曾見過的國度。可是，當夏日的天空染上暮色，海上閃耀一線緋紅時，他總會不自覺地移動雙腳，走向勝上岳的山頂。

看著夕陽。看著海面的反射。於是，安里不得不回想人生的初始，那一度降臨身上的不可思議。對那個奇蹟、對那個未知的企望，把自己這些人趨趕前往馬賽的異樣力量，那樣的不可思議，他非得確認一次才甘心。而他最後想到的，是在大批孩童圍繞下於馬賽港口祈禱時，在夕陽照耀下蕩漾沉靜波光的大海，終究未能一分為二。

安里已經想不起自己是幾時喪失信仰。但是，如今他仍能鮮明憶起的，是那怎麼祈禱也不肯分開的夕暮海面那種不可思議。那個比奇蹟的幻影更費解的事實。少年毫不質疑便接納基督幻影的心靈，直接面對著那堅決不肯一分為二的夕暮海面時的不可思議……

安里望著遠方稻村崎海面的一線。喪失信仰的安里，如今壓根不信那海面會分開。但是至今費解的神祕，潛藏在當時意想不到的挫折裡，潛藏在沒有分開的海面豔紅光芒中。

想必對安里的一生而言，海面如果會分開，唯有在當年的那一瞬間。而且就連那一瞬間，都是海面燃燒夕陽餘暉默默蔓延的那種不可思議……

年老的寺廟雜役再也不說話，只是默默佇立。夕陽映著他蓬亂的白髮，清澈的碧眼鑲嵌一點朱紅。

晚夏的太陽漸漸沉落稻村崎一帶。海面猶如流過血潮。

安里回憶往昔。回憶故鄉的風物與人們。但他現在並不渴望回國。因為，那些事物，塞文山脈、羊群、故國，都已消失在夕暮的海洋中。當那海面沒有一分為二時，那些事物就已盡數消滅了。

然而，安里目不轉睛地望著夕陽時時刻刻變色，一點一點燃盡成灰。

勝上岳的草木，終於被暗影侵犯，葉脈與樹木枝節的輪廓反而益發清楚。眾多塔頂中的某一些，已沉沒在夜色中。

安里的腳邊也有暗影悄悄逼近。不知幾時頭上的天空已黯然失色，漸漸轉為帶有鼠灰色的深藍。遠方海上的輝煌雖還在，卻只不過是夕暮天空中細窄的一條金色與朱色。

這時安里佇立的腳下，傳來了深遠的梵鐘聲。那是山腹的鐘樓敲響第一杵。鐘聲掀起徐緩的波動，彷彿要把山腳升起的夜色，推向四面八方不斷擴散。那沉重的音波，與其說是在報時，毋寧是立刻溶解時光，送至久遠之中。

安里閉目聆聽。睜眼時，身子早已沉浸在夜色中，遠處海上的一線成了模糊的灰白色。夕陽已遠。

安里轉身想催促少年回寺廟，卻見少年把腦袋枕在雙手環抱的膝頭，早已睡著了。

報紙

敏子年輕的丈夫總是很忙。今晚也是陪妻子到十點，然後便開著自己的車，丟下妻子，去參加下一個聚會了。丈夫是電影演員。敏子對於無法陪同丈夫出席的晚間聚會，一概必須忍耐。

敏子早已習慣雇計程車獨自返回位於牛込仏方町的家。家裡還有二歲的小寶寶在等著。不過，敏子今晚還想在外面多玩一會。

她不願在夜晚獨自回到家中的西式客廳。那裡雖已徹底清洗過，卻總覺得還有血跡。

那場難以形容的混亂，直到昨天才終於收拾乾淨。今晚好不容易可以出來散心，她本以為丈夫會陪她到最後。但丈夫卻應製作人之邀去打麻將了，今晚或許不會回家。

敏子生來嬌小敏感，是個非常美麗的少女，因此學生時代被人取了小梗犬這樣的綽號。她老是喜歡瞎操心，因此一點也胖不起來。父親是電影公司的高層主管，所以她才會與電影演員談戀愛，步入幸福的婚姻生活。

除了愛玩，她也同樣熱愛同情別人。她那纖細的靈魂，從纖細的體型與五官，就如剪影畫般可以隱約窺見。

這晚也是，去夜店時，遇到一對友人夫妻，後來同席時丈夫大聲地對人家津津樂道那件事，令她很不高興。

敏子堪稱想像力的化身，但是穿著美式西裝年輕英俊的丈夫，卻毫無想像力可言。他從事的本就是訴求人們想像力的職業，所以大概認為自己沒必要再具備那個。

「很誇張喔。真的荒謬透頂了。」他像要對抗樂隊的音樂，比手劃腳地大聲說。「大約二個月前，我家寶寶的看護換了人。新來的女人，是個肚子特別大的女人，別提有多會吃了，家裡的米缸一下子就空了。一問之下，她說她那是胃擴張的毛病。

結果前天深夜，我和敏子在客廳，隔壁的嬰兒房忽然傳來可怕的呻吟。我們急忙衝過去。只見看護抱著肚子呻吟，寶寶在旁邊嚇得大哭。

我就問她：『妳是怎麼了？』

『可能是要生了。』看護以斷斷續續的聲音說。

她居然這麼說！這下子我也嚇傻了。直到前一刻，我們還以為她肚子那麼大是因為胃擴張，真是傻透了。

我們扶起看護，三人好不容易才走到了客廳。在燈光明亮的地方一看，我又被嚇到了。看護那雪白的衣服下擺，已染成血紅。

我只好挪開地毯，姑且先在地板鋪上一塊破毛巾讓她躺著。看護一直冒冷汗，尤其是額頭，靜脈都浮凸出來了。

把婦產科醫生請來時，她已經生完了。客廳簡直是血流成河。

「這種人太過分了。」

友人插嘴。

「她從一開始就是計畫好的。就像狗一樣。我家有小寶寶，尿片之類的東西多得很，我又是做人氣買賣的，家裡難免比較疏忽，這些全都被她事先算計在內了。後來看護會長也趕來，質問那個女人，她卻氣呼呼的，連一句對不起也不說。昨天終於讓她住進醫院，據說，好像是某個小混混的孩子。」

「那麼，生下來的孩子怎麼樣了？」

「是個健康的男娃兒。當媽媽的天天在我家大吃大喝，所以生出來的寶寶也是重量級的……拜他所賜，昨天一整天，我和敏子都快神經衰弱了。」

「不過幸好不是死產。」

「在那女人看來，說不定孩子死掉更好呢。」

敏子對於丈夫像閒話家常般隨口吹噓前晚自家發生的事件，不得不感到吃驚。她稍微閉眼。於是，那生產的可怕情景就不再出現。拼木地板上，唯有用血淋淋的報紙包裹躺在地上的嬰兒浮現眼前。但丈夫沒有看見那些。

醫生肯定是因為看不起在這種異常狀態下生下私生子的母親，所以故意粗魯地對待嬰兒。他微微努動下顎朝報紙一指，讓助手用那個包裹嬰兒，直接放在地板上。敏子溫柔的心靈深受傷害。她忘了難聞的氣味。搬出嶄新的法蘭絨布料，用那個包裹嬰兒，輕輕放在搖椅上……

*

敏子不願讓丈夫覺得她很囉唆，所以關於那從此占據心頭的情景，她刻意不告訴丈夫。今晚，敏子雖有某種不安，卻還是保持微笑。

用報紙包裹放在地上的嬰兒。……像肉店包裝紙般血淋淋的報紙。……報紙做的襁褓。……這難以形容的卑微淒涼。

她的心裡，對那個看護幾乎毫無憎惡。嬰兒的這種卑微，為何讓從小在富裕環境長大的敏子宛如自身的卑微般感同身受呢？

「那個用報紙包裹的嬰兒，」她想，「目擊者，幾乎可以說只有我一人。做母親的當然沒看到，嬰兒自己也不可能知道。唯有我，必須永遠在記憶中保存那悲慘的誕生情景。如果將來那個嬰兒長大了，從別人口中聽說自己出生時的情景，不知他會作何感想！……不過不要緊。只要我一個人不洩露祕密就沒事了。而且我還做了好事。我用法蘭絨重新包裹他，讓他躺在搖椅上了。」

敏子沉默。

在夜店前，丈夫交代計程車司機：「去牛込。」讓敏子上車後，他就從外面關上車門。隔著玻璃，可以看見他微笑露出一口健康的白牙。自己二人的生活毫無不安——這種切實的感受，令倚靠座椅的敏子異常疲勞。她扭頭看著丈夫。丈夫頭也不回，匆匆朝他的那輛NASH汽車趕去，華麗的花呢西裝背影轉眼已沒入街上的人潮中。他最討厭一直站在人堆裡不動了。

計程車啟動。劇場入口前的陰影中擠滿大批觀眾，現在剛打烊，招牌的燈飾已熄滅。敏子望著劇場前的幾棵櫻樹，由於夜色太黑，綴滿枝頭的假花，看起來宛如白色紙屑。

「……不過那個嬰兒……」她執拗地追逐剛才的思緒。「即使對自己出生的祕密毫不知情，長大以後肯定也不會是什麼好東西。骯髒的報紙襁褓，將是那個嬰兒一生的象徵。……我會這麼在意那個嬰兒，說不定是對自家寶寶前途的不安造成的。……再過二十年，我家寶寶將會幸福地長大。屆時萬一在某種可怕的宿命下，那個年滿二十歲的不幸孩子，傷害了我的兒子……」

這是四月初某個溫暖的陰天，但這麼一想，敏子感到胸口發冷。

「……到時候就由我代為出面吧。二十年後……四十三歲的我。……我會明明白白告訴那孩子。報紙襁褓，以及我替他重新換上的法蘭絨襁褓……」

計程車駛過環繞公園與護城河的昏暗大馬路。右邊車窗的遠處，大樓林立的街頭仍可見到零星燈光。「……二十年後，真可憐，那個卑微的孩子，想必處境非常可怕。沒有希望，沒有金錢，糟蹋年輕的身體，過得像老鼠一樣。那樣出生的孩子，只會變成那樣。而且他八成會詛咒父親，憎恨母親，永遠孤伶伶的。」

這種憂鬱的想法，肯定是令她有點滿意。否則，敏子不可能如此細微地描繪出「他」的未來。

計程車經過半藏門，來到英國大使館前。這時，這一帶有名的櫻花行道樹，在敏子的眼前撲天蓋地而來。

她忽然臨時起意，決定一個人在這裡觀賞夜櫻。下了計程車，慢慢賞花後，再攔一輛計程車回家就行了。對膽小的敏子來說，這是大冒險，但種種不安的夢想爆發，讓她說什麼都不願就這樣乖乖回家。

這位嬌小可愛的年輕夫人，下了計程車，獨自越過車道。過馬路時，若是以往，她會抓住同伴，戰戰兢兢地走過去，但是此刻忽然有種異樣解放感的敏子，朝著護城河邊的公園那頭，鑽過夜晚疾駛的車流，一口氣跑過馬路。

那細長的小公園，叫做千鳥淵公園。

整座公園都是櫻花林，盛開的櫻花，在枝頭連成一片雪白，無風的陰霾夜空下，花朵簇擁著似乎凝結成團。樹下掛的燈籠已熄滅。不過，紅、黃、綠各色燈泡，倒是在樹下到處星星點點地亮起。

時間早已過了十點，因此賞花的人不多。腳下都是紙屑，每當行人默默錯身而過時，踩著紙屑的聲音，以及空罐滾動的聲音便會唐突響起。

「……報紙……沾血的報紙……卑微窩囊的誕生……若他知道自己有那樣的身世，他的一生，肯定會被毀掉。對一個人而言那麼重大的祕密，卻必須由我這不相干的局外人今後一直保密……」

敏子懷著這樣的空想，忘卻平日的膽小。錯身而過的人也多半是安靜的情侶，所以無人來調戲她。有一對並未在賞花的情侶，坐在護城河邊的石椅上，默默眺望護城河。

護城河一片漆黑，水面也籠罩在暗影中。護城河對面的皇居森林黑漆漆的，與陰霾夜空的交界處也暗淡朦朧，沒有任何花紋。

敏子緩緩走過花下的昏暗小路。頭上的花似乎格外沉重。路旁並排的石椅，唯有一處看起來白白的。不是櫻花散落堆在上面，也不是石頭殘缺的顏色。她朝那邊走去。

黑影躺在那張石椅上。

從上面周到地鋪了報紙可以看出，那人並不是醉得不省人事。看似白色的東西原來是報紙啊，敏子想。

石椅上，鋪了好幾層舊報紙，有個身穿茶色外套的男人，弓起身子側躺在上面。這裡八成是他入春後的固定床位。

敏子不禁在那前面止步。睡在報紙堆裡的男人，這時忽然令她想起那個包裹皐微的襁褓躺在地上的嬰兒，說來一點也不奇怪。

敏子俯瞰男人沒梳理的骯髒頭髮處處糾結成塊。外套下的肩膀，隨著鼾聲在黑暗中起伏。

敏子從剛才就被自己的幻想、同情的憐憫心助長的悲哀空想，似乎驟然成形。男人在黑暗中浮現的額頭，雖然年輕卻刻畫深深的皺紋，顯然是經歷過長年貧苦。他折起卡其色長褲躺臥，底下沒穿襪子，直接套了一雙有許多破洞的運動鞋。

敏子忽然很想看那人的臉孔。她繞到男人頭部，定睛看著埋在手臂中的睡臉。男人意外地年輕，有一雙秀麗的眉毛，以及美好的鼻子。微張的嘴巴有點稚氣。

敏子靠得太近，使得男人身下墊的報紙發出響亮的聲音。男人醒了，忽然眼睛一亮，大手猛然拽住敏子的手腕。

敏子不知怎地一點也不害怕。她任由男人抓著那纖細的手腕，一時之間，

「咦？已經過了二十年了啊。」

敏子想……

皇居森林黑漆漆的悄然無聲。

牡丹

一位意外的友人，來找我去意外的地方。他邀我去的是牡丹園。友人草田，外間傳說他的職業與住處皆不明，正參與某種政治運動，但真相不得而知。他的個子矮小，眼神銳利，擅於詣謔，是個無所不知的男人。

下午二點過後，我們離家二度轉乘電車，最後搭上從未搭乘過的郊外電車。那是五月初某個晴朗的假日。

郊外的小車站前，通往神奈川縣某港口都市的大型巴士正在等著。巴士走的不是都心道路，是更體面的嶄新水泥路。

「這是軍用道路喔。剛鋪好的。」

無所不知的友人異常簡潔地說明。路旁池子裡，出來郊遊的孩子們正忙著撈蝌蚪，對於緊貼身旁駛過的巴士正眼也不瞧。只見一排襯衫掉出褲子外的小屁股。

我們在某一站下了巴士。眼前有牡丹園的巨大指標。道路在田地之間蜿蜒，這個時間趕得巧，正好有大批返家人潮，我們不得不一再讓路。

只見茄子的苗床。青蔥頂上的花球。路的一邊是沼澤，可以清楚看見小蝌蚪鑽過被日光照得透亮的水藻，去年已長大的青蛙躲在看不見的地方到處鳴叫。某一角被區隔成夏蘿蔔的清洗場。二名農夫穿著長及大腿的橡膠鞋，正在努力刷洗蘿蔔，洗好的蘿蔔交錯堆放在旁邊的木板上。

「這樣剛洗好的潔白有種異樣的色情呢。」

我說。

埋頭趕路的草田隨口接腔。二人走在街頭的雜沓時，我曾一再因此人走路太快而失去他的蹤影。

「就是啊。」

小路漸漸往上，在樹蔭深處有門，上面寫著「桂岡牡丹園」。我們付了門票穿過大門。視野俄然開闊，大批觀光客三五成群走過的明亮牡丹花圃就在眼前。

小徑將花圃劃分為數區，每一區，分別以銀蓮花、杜鵑、菖蒲等花類鑲邊。每一株牡丹旁都插著寫了華麗名稱的牌子。

麟鳳。

金閣。

扶桑司。

花大臣。

醉顏。

霞關。

長樂。

還城樂。

錦輝。

月世界。

麟鳳是紫紅色天鵝絨的大型花朵。長樂是淺粉色的，中央漸漸變成深紅。尤其豪華的是白色大朵的月世界，前方有觀光客拿著相機屈膝跪地，後面還有畫家拿鉛筆速寫。

但牡丹是一旦盛開後立刻凋謝的花，洋紅色的花瓣，像碰到火似地皺起，黃色的花蕊蜷縮，唯有乾枯的葉片，令葉脈分明可見，留下雕刻式的妍麗。有些植株的花朵已落盡只剩葉子。也有的從低矮的植株生出青黃色嫩莖，上方重重壓著大朵的白花。不過其中也有靠支架撐持，高達一尺的植株。

「真想像那一樣。」

二名看似老姑婆的觀光客大聲的對話在耳畔響起。

「還是得有這麼大的面積才行。」

「我家的果然還是得拔去不少。」

草田拍拍我的肩，提醒我注意。

我朝那邊看去。

一個衣衫襤褸的老人，搖搖晃晃經過我們身旁。他穿著綴滿補丁的條紋襯衫，褲腳收縮的軍褲，頭戴顏色剝落的紅色獵帽，腳上是做工用的足袋[1]。

他的體型結實，臉上點綴的白色鬍渣發亮，凹陷的眼睛放出光芒。他對周遭的觀光客毫不關心。只見他在每一株牡丹前駐足，不時彎身，目不轉睛地盯著花。

老人正在凝視的花，是一株名叫初次日出的紅牡丹。花瓣已完全盛開，距離凋謝似乎只差一步了。陰影在花瓣內外繁複重疊，有風吹過時，那些影子便隨風互相推擠，複雜地擺動。

「那是什麼人？」

我在草田的耳邊低聲問道。因為草田以異樣嚴肅的表情目送老人遠去。

「他是這個牡丹園的主人。姓川又。二年前才剛買下這裡。」

1 足袋，穿和服時，套在腳上的分趾袋狀襪子。

友人以低沉急促的聲音回答。然後仰望花園外圍，小山丘上搭起的帳篷，忽然朗聲喊了一聲「哎呀」。

「那邊有賣啤酒的。我已經看膩牡丹了。要不要去喝一杯？」

他的任性令我很不高興，我說我連一半的牡丹都還沒看完，叫他自己先去喝。急性子的導遊去喝啤酒後，剩下我一人，終於可以安安心心觀賞其他的牡丹。

名叫雪月花的牡丹，在白色皺綢似的花瓣中，保護著幾乎是金色的花蕊。每朵牡丹各有不同的個性。放眼望去，到處或站或蹲的觀光客很礙眼，但在黑土上一一落下沉重影子的牡丹，與草花盛開的花園不同，每一株都被泥土環繞看似孤獨，整體印象令人感到頗為沉鬱。即便是已燦爛開盡的花，植株也很矮，相較之下花朵顯得特別大，因而有種詭異的生動感，彷彿是直接從昨日尚被雨浸濕的泥土中直接開出花朵。

我彎過小徑。

只見一路通往前方還有花圃，環繞賣啤酒的小丘，連對面山上放眼望去都是整片牡丹。

我感到口渴，於是決定妥協，邁步走上小丘的石階。帳篷的外側，有花俏的海灘遮陽傘，傘下的桌上放著啤酒瓶與杯子，草田舉手喊我。

我們一眨眼就喝光二瓶啤酒。草田用汗毛濃密的手臂抹去嘴邊的泡沫，如此說道：

「這裡的牡丹有多少株你知道嗎？」

「不知道。數量想必相當可觀吧。」

我俯瞰夕影半掩下的牡丹園全景。還有很多全家出遊的觀光客。相機的鏡頭，在西斜的日光照耀下，令其中一人的胸口發光。

「有五百八十株喔。」

「你知道的真多。」

我早已習慣草田的博學多聞，因此毫不訝異地回話。

這時，剛才那名老人踉蹌橫越牡丹園的中央。他又在某朵牡丹前停下腳步，把手揹在身後，定定凝視花的外表。

「該說是五百八十株，還是五百八十人呢？」

草田突然說。

我當下愕然，抬頭看著草田。我那無所不知的友人繼續說道：

「那個川又老人，就是以前有名的川又上校。你應該也知道吧？就是南京大屠殺的公認首謀者。

那傢伙後來藏起來，躲過了戰犯審判。等到風平浪靜了，他才敢現身，買下這座牡丹園。

戰犯的罪狀中，應由他負責的大屠殺，多達數萬人。但事實上，上校喜滋滋親手一刀一刀砍殺的，只有五百八十人。

而且，我告訴你，那些全都是女人。上校個人只對屠殺女人有興趣。

自從成為這裡的主人，川又便將牡丹嚴格限定在五百八十株。他親手培育花卉令牡丹園有了如此可觀的成果。但你覺得這麼奇妙的嗜好該怎麼解釋？我倒是想了很久。現在歸納出一個可能的結論。

那傢伙八成想以一種隱密的方法紀念自己做的壞事。他或許已成功地用犯罪者最切實的要求、世間最安全的方法，彰顯出自己難以忘懷的罪惡。」

過橋

……若問當初是何故
見識尚淺不如一捧小貝殼
短暫的是吾等世間之秋日

——《天網島》[1]遺風的過橋儀式

陰曆八月十五日的晚上，十一點半表演完畢，小弓與加奈子便回到銀座板甚道的分桂家，匆匆換上浴衣。其實兩人很想去洗澡，但今晚沒那個時間。

小弓現年四十二歲，五尺左右的身材略胖，裹裹纏纏地穿著白底黑色秋草圖案的縮織浴衣。加奈子二十二歲，很有舞蹈天分，可惜男人運不佳，春秋例行的舞蹈表演也爭取不到好角色。她穿的是白底藍染水渦圖案的縮織浴衣。

「滿佐子今晚不知會穿什麼花色的衣服？」

「肯定是萩草花紋。她說想趕快生小孩。」

「可是，已經進展到那種地步了嗎？」

「才沒有。還早得很呢。如果暗戀就能生小孩，那不是成了聖母瑪麗亞了。」

小弓說。

花柳界通常有種迷信，只要在夏天穿萩草圖案，冬天穿遠山圖案的衣裳，就會懷孕。

眼看到了要出門的時候，小弓又餓了。每次都這樣，之前本來還沒那麼餓的，

---

1 此節出自近松門左衛門的淨琉璃《心中天網島》，描寫紙屋治兵衛與遊女小春殉情的故事。

但饑餓宛如意外事故，突然從天而降。方便的是，表演期間就算是再怎麼無聊的宴席，也不怕餓肚子。偏偏是在表演前與表演後，之前明明已忘記肚子的問題，這時卻突然發作般饑餓難耐。小弓無法為此在適當的時間適度地先吃點東西墊底。例如傍晚去做頭髮時，她曾看到同屬本地的藝妓趁著等候的空檔叫了岡半[2]的燒肉飯，津津有味地大快朵頤。小弓即使看了也沒任何想法。她並不覺得嘴饞。可是過了一個小時，她突然開始餓了，唾液頓時自小而堅固的牙根如溫泉湧出。

小弓和加奈子每個月都要付給分桂家招牌費與伙食費。小弓交的伙食費特別多。因為小弓不僅吃得多，還特別挑嘴，但是仔細想想，自從她在表演前後有了突然饑餓的怪癖，伙食費已日漸減少，現在，甚至比加奈子還少。這種怪癖，也不知是從幾時開始的。每次應邀到料亭演出，出場表演前，小弓這種就像腳下著火般跑去廚房要求「有沒有什麼吃的」的毛病，也不知是始自何時。到了今天，先在第一家表演的廚房吃晚餐，表演結束後，再在最後表演的那家廚房吃頓宵夜，已經成了她的習慣。於是，肚子也漸漸適應這個習慣，交給分桂家的伙食費自然也變少了。

當小弓與加奈子穿著浴衣走過早已夜深人靜的銀座，往新橋的米井走去時，加奈子指著窗口已拉下鐵門的銀行旁的天空，說道：

「幸好天氣晴朗。月亮看起來真的像有兔子。」

但小弓滿腦子只想著自己的肚子。今晚的表演，起初是在米井。最後是在文迺家。本該在文迺家吃完宵夜再出來的，但是時間來不及只好立刻回去換裝，於是等她二度抵達米井，之前在那裡的廚房才吃過晚餐，一晚之內又得再催促人家準備宵夜。想到這裡她就心情沉重。

……但，走進米井的後門時，小弓這種煩悶頓時不藥而癒。因為一如預料穿著萩草縮織浴衣，站在廚房門口等候的米井家千金滿佐子，一看到小弓，就貼心地說：

「妳們這麼快就來啦。還不用急。先進來吃宵夜吧。」

寬敞的廚房仍在善後收拾，一片混亂。燈光下，大量的碗盤發出刺眼的光芒。滿佐子一手撐著廚房門口的柱子，身體遮住燈光，臉孔看起來很暗。小弓的臉也沒

2 岡半，銀座賣松坂牛肉的老牌名店。

照到燈影，小弓很高興自己當下為之安心的表情沒被對方發現。

小弓吃宵夜時，滿佐子偕同加奈子去自己的房間。上門表演的大批藝妓中，滿佐子與加奈子最投緣。一方面也是因為二人同齡。而且小學念的也是同一所。二人又都長得不錯。在這種種理由之上，最主要的還是因為二人都很任性。

加奈子看起來文文靜靜，似乎弱不禁風，但該累積的經驗都累積了，所以她隨口一句話就能幫助滿佐子顯得很可靠。相較之下，好勝的滿佐子在男女情事方面膽小又幼稚。滿佐子的稚氣已成了眾人的話題，母親也掉以輕心，即便女兒特地添置萩草圖案的浴衣也不以為意。

滿佐子目前就讀早大藝術科。她之前就很喜歡電影演員R，自從此人來過米井一次後，更是痴迷成狂，房間全是那人的照片。當時與他在宴席上拍的合照，被她特別燒製成白底青花的花瓶，插上花後，擺在桌上。

「今天公布了表演名單。」

一坐下，加奈子就撇著薄唇說。

「是嗎？」滿佐子暗懷同情，佯作不知。

「我又是只分到一個中國兒童的小角色。每次都差一步真令人沮喪。若是大眾歌舞劇，我這人，永遠都是後面伴舞的。」
「明年一定會分派更好的角色給妳。」
「遲早肯定會人老珠黃，變得像小弓姐一樣。」
「傻瓜。那起碼是二十年以後的事了。」
二人一邊這樣對話，卻未吐露今晚彼此的心願，但滿佐子與加奈子早已明白對方的心願是什麼。滿佐子想與R終成眷屬，加奈子想嫁一個金龜婿。而且二人都心知肚明，小弓想要的是錢。
這三人的心願，即便在旁人看來，也都很有道理。堪稱正大光明的心願。如果月亮無法實現她們的心願，那絕對是月亮的錯。三人的心願簡單明瞭，誠實地寫在臉上，是非常人性化的心願，所以月亮如果看到走在月下的三人，就算再怎麼不情願，肯定也會一眼看穿她們的心事，替她們實現願望。
滿佐子說：
「今晚又多了一個人。」
「噢？是誰？」

「一個月前從東北來的女傭。她叫做美奈。我說不需要，但我媽非說如果不派個人跟著她會不放心。」

「是什麼樣的女孩子？」

「妳自己看了就知道。她的身材發育可好了。」

這時紙門開啟，話題人物美奈站著探頭進來。

「拉開紙門時，我不是教過妳要跪坐著開門嗎！」

滿佐子尖聲說。

「是。」

美奈回答的聲音很低沉，似乎完全沒有反映這廂的感情。一看到盧山真面目，加奈子不禁強忍笑意。美奈穿著用臨時拼湊的浴衣布料做成的洋裝，頂著好像被攪拌過的捲髮，袖口露出的手腕不是普通的粗。臉蛋很黑，手也很黑。那張臉被狠狠地設計得特別厚實，鼓起的臉頰肉這麼一擠壓，眼睛只剩下一條細縫。嘴巴不管以任何形式閉起，滿嘴亂牙都會露出一顆。要從這張臉上挖掘任何感情非常困難。

「挺不賴的保鏢喔。」

加奈子在滿佐子的耳邊說。

滿佐子努力擠出嚴肅的表情。

「妳都記住了嗎？剛才我也講過了，現在我再說一次。出了家門後，沒過完七座橋之前，絕對不能開口。那樣會讓心願落空。……還有，哪怕是認識的人過來搭訕也不行，不過這點妳倒是不用擔心。……還有，同一條路不能走二次，不過這點，有小弓姐帶路，只要跟著她走就絕對不會出錯。」

滿佐子在大學，寫過普魯斯特[3]的小說分析報告，可是碰上這種事，一下子就把她在學校學到的現代教育忘個精光了。美奈乖乖稱是，但她是否真的明白就不得而知了。

「反正妳也要跟去，不如也許個心願吧。妳想到要許什麼心願了嗎？」

「是的。」

美奈笑得忐忑不安。

「哎喲，這點倒是不輸給常人。」

加奈子從旁說道。

3 普魯斯特（Marcel Proust, 1871-1922），法國意識流作家。代表作為《追憶似水年華》。

這時小弓一邊拍著博多腰帶[4]，一邊露面說著：

「好了，這下子可以安心出門了。」

「小弓姐，妳替我們選了好橋嗎？」

「從三吉橋開始。那裡的話，保證一次可以過二座橋。那樣豈不是省事多了。如何？我聰明吧？」

接下來不能再開口講話，因此三人趁現在嘰嘰喳喳說個不停。對話一直持續到廚房門口。滿佐子的木屐放在廚房門口的脫鞋處。是伊勢由[5]的黑漆木屐。滿佐子套上木屐的腳尖，塗了紅色的指甲油，在黑暗中也微微發出光澤，小弓從一開始就注意到了。

「哇，大小姐，您可真風雅。黑漆木屐配紅蔻丹，月亮仙人也會被您迷住。」

「紅蔻丹?!小弓姐妳好老套喔。」

「我知道。要稱為什麼西洋指甲膏，對吧？」

滿佐子與加奈子面面相覷，噗嗤笑了出來。

＊

小弓領頭帶路，四人來到月下的昭和街。租車行的停車場，停放著許多今天一整天用過的禮車，黑色車身流淌著月光。那些車身下方傳來蟲鳴。

昭和街的來往車輛還很多。但街上已悄然無聲，少了街上的雜音，所以自動三輪車的尖銳聲響之類，聽來像是遊離、孤獨的噪音。

月下浮著幾朵雲，與籠罩地平線的雲層相連。月亮皎潔。車聲暫時絕途後，四人的木屐聲，朝著冷月高掛的泛青天頂，似乎直接反彈響起。

小弓走在前頭，對於自己眼前只有不見人影的寬敞步道頗為滿足。不靠任何人活到今天是小弓的驕傲。對於肚子吃得飽飽的也很滿足。這麼走著，簡直不明白為何還需要什麼錢。小弓覺得，自己的願望似乎無意義地柔軟融入眼前步道的月影中。玻璃碎片在步道的石子之間發光。在月色中，即便玻璃也如此閃亮，平日的願望，似乎也像這玻璃一樣。

踩著小弓拖曳的長長影子，滿佐子與加奈子互勾小指走路。夜晚的空氣清涼，二人都感到，從袖子腋下縫口吹來的微風，令剛出發時亢奮得冒汗的乳房靜靜冷卻

4 博多腰帶，用博多地區特產的絲織品做成的腰帶。
5 伊勢由，位於銀座是歷史悠久的和服及配件專賣店。

緊繃。彼此的小指，傳達出彼此的願望。沉默之中，反而傳達得更加鮮明。

滿佐子在心裡描繪R甜膩的嗓音與鳳眼還有長長的鬢角。她和一般影迷不同，是新橋一流料亭的千金小姐，這樣的愛戀自然不可能失敗。R說話時，噴在自己耳邊的吐氣，她記得很香，一點也沒有酒臭味。就像夏天的青草碎屑，是年輕旺盛的氣息。一個人時想起那個，就會感到從膝蓋到大腿的皮膚泛起一陣漣漪。如今這個世界某處正有R的身體存在，與自己腦海重現的記憶一樣確實，也一樣不確定，那種不安時時折磨她的心。

而加奈子，夢想著肥胖多金的中年或老男人。不胖似乎就不像有錢人。當那個男人慷慨大方地庇護她時，她只要閉著眼默默接受即可。加奈子很習慣閉著眼。但到目前為止，每次睜開眼一看，對方卻都消失了。

……二人不約而同轉身向後。美奈也默默跟來了。她的雙手捂著臉，踢起洋裝下擺，邋遢地耷拉著紅鞋帶的木屐走來。她的眼睛在看別的地方，一點也不認真。滿佐子與加奈子都感到，美奈的這種姿態，是在侮辱自己這幾人的心願。

四人在東銀座一丁目與二丁目的交界處，沿著昭和街右轉。大樓林立的商業街，唯有路燈的燈光，規律地如水灑滿一地。月光在那種小巷，被大樓的陰影遮住。

不久四人該走過的第一座橋三吉橋已遙遙在望。那是架在三股河流上的罕見三叉橋，對岸一角有中央區公所陰森森的大樓蹲踞，鐘樓上的鐘面數字清冷顯眼，顯示著荒謬的時刻。橋的欄杆很低，形成那三叉中央三角形的三個角，分別豎立古典雅致的鈴蘭燈。每一架鈴蘭燈上，吊著四盞燈火，但並未全部點亮。在月光下，沒點亮的燈泡外罩圓形毛玻璃，看起來是雪白的。而且燈的周圍，有許多小飛蟲悄無聲息地聚集。

河水被月光攪亂。

跟著領頭的小弓，眾人先在這一邊的橋頭雙手合十許願。

附近的小樓房某扇窗口的朦朧燈光熄滅，似乎是獨自加班結束準備返家的男人，他出了樓房，正要鎖門，看到這奇異的光景不禁在原地佇足。

幾個女人魚貫過橋。明明是喀喀踩著木屐走過同樣的步道，但是真的要過第一座橋時，步伐頓時沉重，彷彿走在檜木舞台上。馬上就要來到三叉橋的中央。雖只是短暫片刻，但光是走到那裡，好像已完成什麼大事，有種如釋重負之感。

小弓在鈴蘭燈下轉身，再次雙手合十，三人也依樣畫葫蘆。

依照小弓的計算，過了三叉的二邊，就等於過了二座橋，過橋前後要專心許願，所以在三吉橋總共必須合掌默禱四次。

滿佐子發現一輛湊巧行經的計程車，窗口貼著某人吃驚的臉孔，正在注視這邊，但小弓卻絲毫不以為意。

走到區公所前，背對區公所，在第四次合掌時，加奈子與滿佐子為平安度過第一與第二座橋暗自安心的同時，也感到之前還沒怎麼放在心上的願望，現在好像有了無與倫比的重要性。

滿佐子覺得若是不能與R長相廝守則寧可一死。只不過是過了二座橋，心願就忽然增強數倍。加奈子甚至感到如果不能釣到金龜婿就算活著也沒意思。雙手合十時，心口一緊，滿佐子忽然眼頭發熱。

驀然斜眼一瞄。只見美奈肅穆地瞑目合掌。想到美奈與自己相比八成沒什麼大不了的心願，她忽然覺得美奈心裡那種空無一物的無感空洞，好像令人輕蔑，又好像值得羨慕。

沿河南下，四人來到從築地通往櫻橋的都電馬路。當然末班車早已離去，白天還被初秋陽光燒灼的鐵軌，如今只有二條雪白冰涼的軌道在地面延伸。

打從來到這裡之前，加奈子就感到下腹異樣作痛。不知吃錯了什麼，肯定是食物中毒。起先只是有點絞痛的跡象，走了兩三步之後就忘了，但這次是「已經遺忘」的安心感一再出現在意識中，硬生生在這意識造成裂痕，才剛覺得遺忘立刻又出現疼痛的徵兆。

第三座橋是築地橋。來到這裡才發現，即便是這座位於市中心很殺風景的橋，橋畔也忠實地種了柳樹。平日坐車經過沒發現，這孤獨的柳樹，原來是自水泥之間些微的泥土地生出，忠實地迎著河風搖晃枝葉。到了深夜，周遭鬧哄哄的建築物死去，只剩柳樹還活著。

要過築地橋時，小弓先在柳蔭下朝櫻橋的方向合掌默禱。也許是對領路人的職責感到自負，小弓今天格外挺直她那豐腴的腰桿。事實上，小弓不知不覺已忘了自己許的願，反倒把順利走過七座橋當成眼前的首要大事。想到非得順利過橋不可，這件事本身好像成了自己的心願。那是一種很奇怪的心境，就像突然襲來的饑餓感，「自己長年來一直是這樣走過人生」的念頭，在走過月下的過程中漸漸凝固成某種奇妙的確信，令她越發抬頭挺胸，昂首闊步。

築地橋是毫無風情的橋。橋頭的四根石柱形狀也很單調呆板。但是過這座橋時，頭一次聞到了類似海水的氣味，吹來海風般的風，南邊下游壽險公司的紅色霓虹燈，看起來也好似在預告已漸漸靠近海邊。

過了這座橋，合掌默禱時，加奈子的腹痛更加劇烈，似乎要刺破肚子往上鑽。過了電車道路，走在S劇場的老舊黃色大樓與河流之間的馬路，加奈子的步伐越來越慢，滿佐子也察覺她的異狀，於是跟著放慢腳步，偏偏這時不能開口詢問。看到加奈子雙手按著下腹皺起眉頭，滿佐子終於恍然大悟。

但是處於某種陶醉狀態的領路人小弓，毫無所覺地繼續以同樣的步伐昂首闊步，遂與後面的三人拉開距離。

加奈子現在的心情，就彷彿金龜婿已近在眼前垂手可及，可那隻手偏偏就是碰不到。事實上她已面無血色，滿頭冷汗。人心很奇妙，隨著下腹的疼痛漸劇，加奈子之前還那麼熱切祈求，因此增添了現實色彩的那個心願，這下子好像忽然喪失了現實性，倒像是從一開始就是不現實的、如夢似幻、是很孩子氣的願望。當她艱難地邁步，對抗刻不容緩逼近的疼痛之際，她覺得只要自己肯捨棄那無聊的心願，疼痛八成會霍然痊癒。

第四座橋終於近在眼前時，加奈子把手搭在滿佐子的肩上，手指像舞蹈動作般指向自己的肚子，碎髮被汗水沾濕貼在頰邊的臉孔做出「我不行了」的表情，隨即轉身，衝回電車道路那頭。

滿佐子本想追過去，但是想到如果跑回去，自己的心願就會化為泡影，穿木屐的腳尖頓時停止，只是轉身回顧。

第四座橋畔，這才發現不對勁的小弓也轉身回顧。

月光下，只見身穿白底藍染水渦圖案浴衣的女人，以不顧羞恥的姿態拔腿就跑，只聞她的木屐聲在四周的大樓回響，隨即卻見一輛計程車正好悄悄停在轉角處。

第四座橋是入船橋。那是要從剛才過築地橋的反方向過橋。

三人在橋頭集合。同樣合掌膜拜。滿佐子很同情加奈子，但那種同情，並未像平日一樣誠實表露。只浮現一種冷酷的感想：被淘汰的人，今後只能走向與自己不同的另一條路。許願是自己一個人的問題，即便在這種情況下，也不可能連別人的份一起背負。這和幫別人背登山的沉重行李不同，自己在做的本來就不是能夠幫助他人的行為。

入船橋的名稱，鑲在橋頭低矮的石柱上，夜色中難以分辨是綠色還是黑色的橫幅長形鐵板上寫著白字。橋看起來格外明亮顯眼，似乎是因為對岸加德士（Caltex）加油站平板的明亮燈光反射在寬敞水泥上的緣故。

河中，橋影所及之處也可看見小燈。棧橋上搭起錯雜交疊的老舊小屋，放了盆栽。

屋形船[6]

繩船[7]

釣船

網船[8]

那似乎是掛出這些招牌的居民尚未就寢熄滅的燈火。

從這一帶起，樓房漸漸低矮，彷彿夜空也相對開闊。驀然回神才發現，剛才還高掛天上的月亮已躲入雲後，變成半透明。雲層整個增多了。

三人順利走過入船橋。

河流在入船橋前方幾乎是以直角右轉。距離第五座橋還有一大段路。她們必須沿著空曠寬闊的河邊道路，一直走到曉橋。

右側有許多料亭。左側在河邊，到處堆滿某工地用的石頭、砂礫、沙子等暗沉沉的堆積物，在某些地方甚至占據了一半路面。最後左邊出現河對岸的聖路加醫院這棟壯觀宏偉的建築。

在半透明的月光下，看似暗影幢幢。亮晃晃映照出頂端巨大的金色十字架，彷彿眾星拱月，只見航空標誌的紅燈，點點劃過屋頂與天空，明滅不定。醫院背後的會堂已熄燈，但歌德式彩繪玻璃圓窗的輪廓高聳醒目。醫院的窗口，到處還亮著暗淡的燈光。

三人默默步行。一心一意急著趕路之際，滿佐子也無暇多想。三人的腳步漸漸加快，甚至弄得滿身大汗。起初還以為是錯覺，但還看得見月亮的天空漸漸出現異狀，滿佐子的太陽穴，感到第一滴雨落下。但，幸好雨似乎不會下得更大。

---

6 屋形船，屋形的遊覽船，可在船上舉辦宴會或用餐。
7 繩船，採用延繩釣法（longline fishing）的漁船。
8 網船，用漁網捕魚的漁船。

第五座橋是曉橋，白得刺眼的柱子已遙遙在望。造形奇特的水泥橋柱上，塗了白油漆。在橋頭合掌時，滿佐子被橋上裸露的鐵管冒出地面的某處絆到，差點摔了一跤。過了橋，就是聖路加醫院的門口了。

這座橋不長。而且三人都加快了腳步。就在馬上要過完橋時，小弓倒楣了。因為，對面有個女人慵懶地敞開浴衣領口，剛洗完頭的她抱著金屬臉盆，匆匆走到三人面前。滿佐子不經意一瞄，只見那剛洗過頭的臉孔異樣慘白不禁嚇了一跳。

「小弓姐，這不是小弓姐嗎！好久不見。假裝不認識我太過分了吧。喂，小弓姐！」

在橋上佇足的女人，將脖子往旁伸得特別長，然後擋在小弓的面前。小弓垂下眼皮不回答。

女人的聲音高亢，卻像風從縫隙鑽過，是沒有力量支點的飄忽不穩的聲調。她的呼喚，雖然以同樣的抑揚頓挫在喊小弓，卻像是喊不在場的人。

「我剛從小田原町的澡堂出來。不過真的好久不見了。在這裡碰面真難得，小弓姐。」

被對方搭著肩，小弓終於抬眼。這時小弓心有所感。就算沒有開口回話，只要被認識的人搭話，心願就已破滅了。

滿佐子看著女人的臉，在一瞬間想了一下，最後丟下小弓徑自往前走。滿佐子也認得女人。那是戰後有一小段時間曾出沒新橋一帶，發瘋之後已退出藝妓界的老妓，記得叫做小緣。打從她還出場表演時，就特別喜歡裝年輕，令人感到很詭異，後來她在這一帶的遠親家休養，聽說精神狀態已經好多了。

小緣記得以前熟識的小弓是理所當然，但她忘記滿佐子的長相則是僥倖。

第六座橋已近在眼前。那是只鋪了綠漆鐵板的小型堺橋。滿佐子草草結束在橋頭的默禱，幾乎是用跑的過了堺橋後，鬆了一口氣。然後才發現，已不見小弓的身影，自己的身後，只有美奈板著臉跟隨。

少了領路人的現在，第七座，也是最後一座，滿佐子並不知道橋是哪座。但只要順著這條路一直往前走，她知道遲早會走到與曉橋平行的橋。只要過了那座橋便可實現心願。

零星的雨滴，再次打在滿佐子的臉上。道路與小田原町外圍某批發倉庫平行之處，只見工地的組合屋遮住河上風景。很暗。遠處的路燈看似鮮明，因此中間的黑暗顯得更深。

滿佐子向來在緊要關頭特別好強，這樣走夜路，也是因為有許願這個目的，所以她並不怎麼害怕。但緊跟在身後的美奈發出的木屐聲，似乎越走越沉重地壓在心頭。那個聲音聽來隨意凌亂，和滿佐子的小碎步比起來，那悠哉從容的腳步聲，似乎是嘲弄地跟著自己。

加奈子脫隊之前，美奈的存在，在滿佐子的心裡幾乎只產生類似輕蔑之感，後來卻變得有點在意，等到現在只剩二人獨處，對於這個鄉下來的少女究竟在心裡藏了什麼願望，即便她想不在意也做不到了。懷抱不明心願的壯碩女子，緊跟在自己的身後，令滿佐子很不自在。與其說不自在，那種不安越來越強烈，甚至已升高到幾近恐懼。

滿佐子以前從來不知道別人的願望會這麼讓人不舒服。就像身後跟著黑色的團塊，與加奈子或小弓那種一眼就看穿的透明願望截然不同。

……這麼一想，滿佐子卯足全力，決定要好好許願，保護自己的願望。她回想R的臉孔。回想他的聲音。回想他那年輕的吐息。但他的影像立刻四散紛飛，無法像以前那樣凝結成固定的影像。

她必須盡快走過第七座橋。在那之前必須什麼也不想地趕路。

這時，她看到遠處的路燈似乎是橋頭的燈，在大馬路交錯，這才發現橋快到了。

在剛才遠遠望見的路燈直接照射下，只見橋頭小公園的沙堆，被雨滴點點打濕變成黑色。那果然是橋。

形似三弦琴盒的水泥柱上，寫著備前橋的名稱，柱頂亮著寒酸的燈光。一看之下，河對岸的左邊是築地本願寺，青色的圓頂聳立夜空。為了不走同一條路回去，過了這最後一座橋後，前往築地，再從東京劇場經過演舞場前回家就行了。

滿佐子鬆了一口氣，在橋頭合掌，為了彌補之前的草率，特別懇切仔細地許願。但是斜眼一瞄，美奈還是有樣學樣，肅穆地合起厚實的手掌，令她很不愉快。許願不知不覺變了調，滿佐子的心裡，頻頻冒出這樣的想法：

「不該帶她來的。真的很討厭。早知道就不帶她來了。」

……這時，男人的聲音叫住滿佐子，令她渾身一僵。是巡邏員警站在眼前。這是個年輕的警察，臉頰緊繃，聲音拔尖。

「妳在做什麼？這麼晚了，還待在這種地方。」

滿佐子心想現在開口就完了，所以她不能回答。但警察連珠炮似的質問語氣，以及尖銳的聲音，令滿佐子當下能夠想到的是，警察似乎把深夜在橋畔膜拜的年輕女孩誤認為是要跳河自殺。

滿佐子無法回答。這時候，必須讓美奈明白，她應該代替滿佐子回答。笨拙也該有個限度。美佐子拉扯美奈的洋裝裙擺，頻頻喚起她的注意。

美奈就算再怎麼不靈光，照理講也不可能沒發現。但滿佐子看到美奈也頑固地緊閉雙唇，不知是打算遵守最初的吩咐，還是要守護自己的心願，總之當她醒悟美奈不肯開口的決心時不禁呆住了。

「快回話！說話！」

警察的語氣越來越差。

滿佐子決定先匆匆過橋再解釋，於是甩開那隻手，突然拔腿就跑。綠色欄杆圍起的備前橋與欄杆都呈拋物線，形成微微起伏的拱橋。滿佐子衝出去時察覺到的是，美奈也在同一時間衝上橋。

跑到橋中央時，滿佐子被追上來的警察一把拽住手臂。

「妳想逃跑嗎？」

「什麼逃跑，太過分了！你這樣抓人家的手很痛！」

滿佐子不禁大叫。得知自己的心願破滅，她以痛恨的目光往橋的那頭一看，早已平安過橋的美奈，正凝神做第十四次的最後默禱。

*

滿佐子回家哭訴，母親一頭霧水地責怪美奈。

「妳到底許了什麼願？」

就算這麼問，美奈也只是嘻嘻笑不肯回答。

過了兩三天，滿佐子遇上好事，總算心情好轉，又提出不知已是第幾次的質問調侃美奈。

「妳到底許了什麼願？告訴我嘛。說說有什麼關係。」

美奈只是曖昧不明地露出淺笑。

「真討厭。美奈真是討厭死了。」

滿佐子笑著說，一邊用塗了指甲油的尖銳指尖，戳向美奈的圓肩。指甲碰上有彈力的厚實皮肉後反彈，在指尖留下鬱悶的觸感，滿佐子感到那根指頭無處可放。

女方

一

增山為佐野川萬菊的技藝傾倒。他這樣的大學國文系學生之所以變成劇團專屬作者，歸根究柢也是因為被萬菊的舞台魅力吸引。

增山從高等學校時代就成了歌舞伎的戲迷。當時佐野川還是年輕的女方[1]，多半飾演《鏡獅子》裡的配角蝴蝶精，或是演《源太勘當》裡的婢女千鳥那種角色。當時他一向很本分，表演中規中矩，誰也沒料到他會有今天的成就。

但是打從當時，增山就已看出這個冷豔的人物在舞台放出的冰冷火燄。別說是一般觀眾了，就連那些報紙專欄的劇評家，也無人明確指出這一點。沒有人指出此人從很年輕時就在舞台上展現的，那種冰雪之中隱約萌生的火苗。而現在，卻人人都爭著叫囂那是自己第一個發現的。

佐野川萬菊是當今罕見的純女方。換言之他無法靈活地同時飾演男角與女角。他的表演風格雖然華麗，卻是陰柔的，所有線條都纖細至極。無論是力量、權勢、忍耐、膽量、智勇，乃至強烈的抵抗，他全都只能透過「女性化表現」這道關卡表現出來。那是可以將人類所有情感都用女性化表現過濾的才華。那才是真的純女方，但在現代卻是鳳毛麟角。那是一種特殊的纖巧樂器的音色，不是在一般樂器加上弱音器就能得到的。不是隨便模仿女人就能得到的。

例如《金閣寺》這齣戲裡的雪姬，就是佐野川的拿手絕活，增山曾經在他一個月的公演期間連續去看了十天，但一看再看還是深深陶醉其中。那齣戲本身，擁有象徵佐野川萬菊的一切。一切要素皆纏繞其中。

「本來說起金閣，乃鹿苑院[2]相國義滿公之山莊，三重樓閣，庭院八大絕景，夜泊石，岩下水，飛瀑流水亦春深，且遍植柳櫻，今成都城錦繡。」

這段淨琉璃的開場白，舞台布景的金碧輝煌，櫻花與瀑布與燦爛的金色樓閣形成的對比，不斷帶給舞台不安的瀑布幽暗水聲的大鼓效果，暴虐又好色的叛將松永大膳的蒼白面貌，對著旭日出現不動明王的法像、對著夕陽現出龍形的名劍「俱利加羅丸」的神跡，以及與瀑布和櫻花相映成彰的瑰麗夕陽，繽紛落花……以上這一切都是為了雪姬這位高貴美麗的女性而存在。雪姬的衣裳並不特別。就是一般

1 女方，亦稱女形，飾演女性角色的歌舞伎演員。寬永六年（一六二九）德川幕府禁止女性演出歌舞伎後，一概由男性飾演。如同京劇的乾旦。

2 鹿苑院，室町幕府將軍足利義滿建立相國寺，鹿苑院是寺內的寺院，也成為義滿的稱號。

赤姬[3]會穿的緋紅色綾絹。但這位雪舟[4]的孫女，身上搖曳著雪的幻影因而得名。雪舟描繪秋冬山水圖的滿目雪景就在眼前鋪陳。這種雪的幻影，令她的緋紅色綾絹顯得縹緲。

增山尤其喜愛的，是戲中雪姬被綁在櫻樹上，想起祖父的傳說，於是用指甲尖在落花上畫老鼠，那隻老鼠活靈活現，竟然真的替她咬斷繩子的「指尖鼠」這一段。當然，佐野川萬菊在此處從來不會展現人偶動作[5]。綑綁的繩子令萬菊的姿態比平時更美麗。因為，這個女角纖巧的身段、手指的動作、翹起的蘭花指，以及那些人工化姿態構成的唐草線條，用來做日常動作會顯得柔弱可憐，但被繩子綁著時反而得到不可思議的活力，不自由的動作勉強擺出好似花體字般的不自然姿態，反而勾勒出每一瞬間的美妙危機，而且那危機之間的連結，純粹是靠著一波波滑順、不撓的生命力而來。

佐野川的舞台，的確有那種魔性的瞬間。他那雙美麗的眼睛很有戲，當他從舞台旁邊的走道盯著舞台，或從舞台盯著走道，或在《道成寺》冷然仰望大鐘時的眼睛，往往一個眼神，就會讓全場觀眾產生情景一變的幻覺。在《妹背山》的宮殿，萬菊扮演的三輪，被橘姬奪走了意中人求女，遭到宮女們毒打後又妒又怒，發瘋似地準備衝向舞台邊的走道。就在這時，舞台後方，響起宮女們的聲音：「公主已得到舉世最好的夫婿。鏘鏘鏘。可喜可賀。」旁白的淨琉璃強力訴說：「三輪必定會回頭。」「聽到那個惡耗」三輪果真回眸一看。接下來就到了三輪的人格驟變，嫉妒成狂的這一段。

每次看到這裡，增山總有戰慄之感。明亮的大舞台、富麗堂皇的宮殿布景、美麗的衣裳，乃至觀賞這一幕的數千名觀眾之上，一瞬間，掠過魔性的影子。那顯然是發自萬菊肉體的力量，同時也是超越萬菊肉體的力量。他那柔媚、溫婉、優雅、纖細，以及其他種種女性力量的舞台姿態，在這種時候，讓增山感到宛如幽暗泉水般的東西迸發。他不知道那究竟是什麼。增山猜想，舞台演員的魅力最後的那種不可思議的邪惡，蠱惑人們沉溺在那瞬間之美的那種優美的邪惡，或許就是那泉水的真面目。但即便如此命名，光是那樣也無法說明任何事物。

---

3 赤姬，歌舞伎裡的公主角色，因穿紅衣而名之。豔紅的衣裳象徵公主的高貴華美，也代表熱戀的激情。

4 雪舟（1420-1506），室町時代的著名畫僧。

5 人偶動作，歌舞伎的特殊演出法之一。模仿人偶戲的假人動作，以誇張的動作產生舞蹈效果。

三輪甩亂頭髮。她即將回到的主舞台上，正有鱶七的刀子等著殺死她。

「深奧的音樂調子，也成了秋的哀愁。」

三輪朝著自己的毀滅前進的腳步，同樣帶有戰慄。面對死亡與毀滅，她掀亂衣擺狂奔的雪白裸足，正確地知道，如今驅使自己前進的激情，將在舞台的何時、何地結束。她似乎是在嫉妒的痛苦中歡喜鼓舞，朝著那裡載欣載奔。在那裡，苦惱與歡喜，就像是奢華的西陣織布料上，晦暗金線的表面，與亮線交織的背面，互為表裡。

二

增山成為劇團專屬作者，固然是因為受到歌舞伎世界，尤其是萬菊個人的魅力吸引，同時，也是因為他認為，如果不能了解舞台幕後，就擺脫不了這種魅力的束縛。雖然從別人那裡也曾聽說看到舞台幕後會幻想破滅，但在另一方面，他很想浸淫其中，親身體驗一下這種真正的幻滅滋味。

但他的幻滅遲遲沒有降臨。是萬菊本人阻止的。比方說，萬菊一向遵守《菖蒲草》[6]的訓示，一如「女方在後台，也得保持女方的心態。便當應背著人食用」這條訓示，時間來不及不得不在客人面前吃便當時，也會先說聲「失禮了」，低頭躲到梳妝台旁邊，以非常優雅、甚至讓人從背影看不出來在吃東西的姿態，迅速優美地吃完飯。

增山之所以被舞台上的萬菊吸引，身為男人，自然是被那種女性美吸引。但，說來不可思議，這樣的魅惑，即便在增山親眼目睹後台百態之後也未消失。毋庸贅言，萬菊在後台會脫下戲服露出裸體。雖然他的體型纖細，但的確是男人的身體。那樣的身體對著梳妝台，一邊把白粉塗抹至肩膀，一邊對客人做出女性化的寒暄致意，多少有點詭異。就連熟悉歌舞伎的增山，頭一次看到後台時，都有這種感覺，遑論某些聲稱女方很惡心、討厭歌舞伎的人，若是看到這種場面還不知會怎麼批評。

但增山即便看到萬菊脫下戲服的裸體，或是只穿著一件吸汗的紗布內衣，他感到的與其說是幻滅，毋寧是一種安心感。那種反應，或許本身就很怪異。但，增山

6《菖蒲草》，歌舞伎女方演員初代芳澤菖蒲（1673-1729）晚年的演藝心得彙整而成。已成為女方表演藝術的珍貴文獻。

感到的魅惑的真面目，亦即魅惑的實質，並不在那方面，因此那裡自然也就沒有讓魅惑破滅之虞。萬菊即便脫下戲服，在他的裸體下，依然隱約可見穿著層層彩衣。他的裸體只是假象。在那內部，想必確實潛藏著與那冶豔的舞台風姿對照的東西。

增山喜歡演完主角回後台時的佐野川。剛剛飾演過的主角身上那種感情熱度，仍殘留在萬菊全身。那一如夕陽，亦如殘月。那是古典戲劇的壯烈情感，是與我們的日常生活毫不相干的情緒，那種爭權奪位的世界，或者七小町[7]的世界、奧州攻[8]的世界、前太平記[9]的世界、東山[10]的世界、甲陽軍記[11]的世界等等，看起來雖然好像都是依循歷史史實，其實也不知道到底屬於哪個時代，以浮世繪的風格被彩繪、誇張、定型化的怪異悲劇世界的情感……那種超越常人的悲嘆、超人般的熱情、烈火焚身的戀慕、驚人的歡喜、被逼至人類難耐的悲劇狀況下發出的短促叫聲……這些東西，直到剛才還棲息在萬菊的身上。甚至令人好奇萬菊纖細的身體是如何承受那些，為何那些情感沒有從這纖細的容器溢出來？

總而言之，萬菊現在，就是活在這種壯烈浩大的情感中。舞台的感情凌駕於所有觀眾的感情之上，正因如此，萬菊的舞台風姿才會光彩照人。舞台上的所有人物或許皆是如此。但在現代的演員中，沒有人能夠像他這麼率真地活在這種脫離日常的舞台感情中。

「女方以色為本。即便是天生麗質的女方，如果沒有像樣的身段動作配合也會失色。而且若不用心注重氣韻難免流於低俗。因此平時若能以女子的身分生活，方可稱為高明的女方。倘若上了舞台才覺得這是扮演女子的關鍵所在，此種心態反會讓你更像男人。日常功夫很重要。在此必須一再重申。」（菖蒲草）

日常功夫很重要。……是的，萬菊的日常生活，也徹底使用女人的說話方式與女人的身段動作。舞台上飾演的女角餘韻，以同樣虛構的延長徐徐融入日常的女性化，在那宛如水邊分界線的時刻，那一刻，如果萬菊的日常是男人，那個分界線會斷絕，夢想與現實想必會被一扇殺風景的門扉隔開。是虛構的日常在支持虛構的舞

7 七小町，取材自平安時期的絕世美女小野小町傳說的七首謠曲。
8 奧州攻，文治五年鎌倉政權與奧州藤原在東北地方的一連串對戰。
9 前太平記，通俗史書。以清和源氏七代的人物關係為中心，記錄平安中期至後期的事變與戰爭。
10 東山，指古代東山道的不破關這個關卡。
11 甲陽軍記，取材自《甲陽軍鑑》，以武田信玄與上杉謙信兩方的對立與事跡為主題的一系列作品。
以上這些皆為歌舞伎的戲碼主題。

台。增山認為那才是所謂的女方。女方，正是自夢想與現實的不倫交媾誕生的孩子。

三

老一輩的名伶接踵去世後，萬菊在舞台幕後的權勢極為強大。有志走女方這條路的弟子們像婢女一樣伺候他，在舞台上隨侍在萬菊飾演的公主或女官身後的婢女們，長幼先後的順序和舞台下毫無分別。

掀開染有佐野川徽紋的布簾，走進後台休息室的人會感到很不可思議。這座優雅的城堡中沒有男人。雖是同一劇團的人，增山走進那裡時也是異性。當他因故來訪，用肩膀頂開布簾，還不及朝裡面跨入一步，頓時已對自己的男人身分有種異樣新鮮的強烈感受。

增山曾因公事造訪過擠滿了那些舞群女孩、女人味嗆鼻的後台休息室。裸露肌膚的女孩們，如同動物園的獸類，擺出隨意的姿態，漠不關心地朝他投以一瞥。但走進其中的增山與女孩之間，並沒有萬菊的休息室那種異樣的違和感。不會讓增山刻意想到原來自己是個男人。

萬菊門下的弟子，並未對增山特別親切招待。甚至增山自己也知道，那些人私底下還議論受過大學教育的增山太自大，或太愛出風頭云云。增山也知道他的炫學有時令人退避三舍。在這個圈子，沒有伴隨技藝的學問不值一毛錢。

萬菊拜託人時（不過那僅限他心情極佳時），會從梳妝台前側著轉身，嫣然一笑輕輕點頭致意，那種難以言喻的性感眼神，會讓增山在瞬間感到，若為此人甘願效犬馬之勞。這種時候，雖然萬菊仍舊不忘保持自己的權威，還記得拉開一定的距離，卻很明顯意識到自己的性感風情。這種場合若換作是女人，等於是在女人的全身武器再加上性感濕潤的眼神。但歌舞伎女方的性感，只在於某一瞬間拋來的秋波，光是那樣便可獨立，散發出濃郁的女人味。

「那麼，櫻木町（萬菊遵循老式作風，以舞蹈及歌謠師傅的住處町名來稱呼每位師傅）那邊，就由你來說吧。因為我不方便開口。」

萬菊說這番話，是在第一幕的「八陣守護城」表演結束後，中幕的「茨木」不需出場，因此已脫下他飾演的角色雛衣的戲服，脫下假髮，換上浴衣，暫且在鏡前坐下休息時。

增山被萬菊叫來，早早便在休息室等候「八陣」落幕。這時鏡子忽然燃起紅色。休息室門口響起衣裳的摩擦聲，只見萬菊帶著弟子與管服裝的三人回到休息室，把該脫下的讓人替他脫下收拾，該離開的人都離開後，除了鄰室坐在火盆旁的弟子外再無他人，休息室頓時寂然無聲。走廊的擴音器，傳來舞台上收拾道具的鐵鎚聲。這是一年一度發表新戲的十一月下旬，休息室早已燃起火爐。像醫院窗戶那種殺風景的窗玻璃被蒸氣弄得霧濛濛，梳妝台旁的景泰藍花瓶裡，白菊正在怒放。萬菊因自己的名字特別喜愛白菊。說起「櫻木町那邊……」云云時，萬菊是面對鏡子，坐在厚實的紫色平織皺綢坐墊上，直視著鏡中說的。坐在牆邊的增山，只能看到萬菊的後頸，以及鏡中尚未卸除雛衣戲妝的臉孔。但萬菊的眼睛沒有看增山，而是在正視他自己的臉。舞台的熱氣，就像是穿透薄冰的旭日，也穿透那抹了白粉的臉頰。他是在看雛衣。

說得更正確點，他在鏡中看的是他自己剛剛扮演的雛衣，那個森三左衛門義成的女兒，年輕的佐藤主計之介的新婚妻子，為了丈夫的忠義斷絕夫妻關係，因「無法相伴只嘆緣淺」為表貞潔而自盡的雛衣。舞台上的雛衣，已在心碎絕望後香消玉殞。鏡中的雛衣是她的幽魂。他知道，就連那一縷幽魂，現在也正從他身上離去。他的眼睛追逐雛衣。但隨著飾演該角色的激情逐漸冷卻，雛衣的臉孔也將遠去。他是在道別。距離公演結束還有七天。明天，雛衣的臉孔，想必又會回到萬菊臉上那柔嫩的皮膚上……

正如前面也提過的，增山很喜歡看處於這種自失狀態下的萬菊。此時他幾乎是瞇著眼。——萬菊突然把臉轉向增山，雖然察覺增山剛才的注視，卻以演員早已習慣被人注視的恬淡態度，在談完公事後說：

「那一幕的間奏，那樣子，我總覺得不夠。那樣的間奏，雖然如果動作快一點的話不至於做不出來，但那樣子，太缺少風情了。」

萬菊是在說下個月要推出的新作舞劇，清元作曲的部分。

「增山先生，你覺得呢？」

「對，我也這麼認為。就是『瀨戶之唐橋，春日夕暮遲』那邊的間奏對吧？」

「對，春日夕暮遲～」萬菊唱完後，以纖細的指尖一邊針對有問題的地方打拍子，一邊哼出三弦琴的曲調說明。

「那就由我來說吧。我想櫻木町師傅肯定會理解。」

「可以拜託你嗎？老是麻煩你這種事，真的很不好意思。」

增山每次談完公事總是立刻起身離去。

「我也要去洗澡了。」

萬菊也跟著站起來。在狹小的休息室入口，增山退後，讓萬菊先走。萬菊輕輕點頭致意，帶著弟子，先走到走廊上，然後側著朝增山轉身，嫣然一笑，再次行禮。可以看見他眼角刷的腮紅特別嬌豔。增山感到，萬菊很清楚自己有多麼喜歡他。

四

增山所屬的戲團，十一月、十二月、正月都會在同一個劇場演出，正月推出的戲碼，早早就已著手籌備。其中也安排了某新劇[12]作家的新作，這位劇作家年紀雖輕卻極有見識，提出種種條件，增山不僅要周旋於劇作家與演員之間，在劇場相關主管之間，也要透過複雜的折衝樽俎居中協調因此非常忙碌。增山是知識分子，所以也會被分派到這種任務。

劇作家提出的條件之一，就是要讓他信賴的新劇某位年輕有才華的導演來執導，主管也答應了。萬菊雖然贊成，卻有點意興闌珊。他如此坦承他的不安：

「像我這種人，懂得不多，但我怕那位年輕人不太了解歌舞伎，會說出誇張的意見。」

萬菊希望的，是更圓熟，或者該說，更懂得妥協的年長導演。

新作是以《雌雄莫辨物語》[13]為出典的平安朝故事，是現代語的腳本，關於這齣新作，主管沒有交給劇場製作人，卻說要讓年輕的增山全權負責。增山想到這是自己的重責大任不禁緊張，又覺得那個腳本不錯，工作起來特別有勁。

腳本寫好後，角色一決定，便匆匆於十二月中旬某個上午，在劇場的社長室附設會客室，召開籌備會議。包括製作主管、劇作家、導演、舞台布景人員、演員，以及增山皆為出席者。

火爐很熱，窗口照入的日光暖洋洋。增山覺得開籌備會時是最幸福的。那就像是為了旅行攤開地圖一同討論。該從哪搭乘巴士，從哪步行，在哪一帶有好水，中

12 新劇，在明治末年興起，反映現代生活的戲劇。受到西歐近代舞台劇的影響，將歌舞劇等傳統戲劇稱為舊劇。

13《雌雄莫辨物語》，平安時代末期的故事，作者不詳，原作已佚失，現存為改寫版。描寫女扮男裝、男扮女裝的倒錯式男女關係。

餐該在哪裡吃便當，風景是哪裡的最好，回程是否要搭火車，或者多花點時間坐船比較好，諸如此類。

導演川崎遲到了。增山沒看過他執導的戲，但聽過他的評價。他被拔擢後，一年之內，就執導了易卜生[14]的作品與美國現代劇這二齣戲，後者的演出更贏得某報社的演劇獎。

川崎以外的人全都到齊了。以性急出名的舞台布景師，早已攤開大型筆記本準備記下眾人的要求，正以鉛筆頭頻頻敲打空白頁。

主管終於開始閒聊八卦。

「雖有才華畢竟還是年輕人。演員那邊必須好好安撫一下。」

這時敲門聲響起，女服務生通知人已經到了。

川崎以耀眼的神情走進來，二話不說就行了個以書法而言算是金釘流[15]的大禮。他是個身高應有五尺七、八寸的高挑男子。輪廓深邃，頗有男子氣概，但是看起來很神經質。明明是冬天卻穿著皺巴巴的單薄風衣，脫下風衣後，只穿著磚紅色的燈心絨上衣。筆直的長髮垂落鼻頭，不時被他撩起……增山對這個第一印象有點失望。若真是出類拔萃的男人，應該會想讓自己擺脫社會的定型，但此人看起來就像一般常見的新劇青年。

川崎應眾人之請在上座坐下，但他只看熟悉的劇作家。被一一介紹給演員時雖會打招呼，卻立刻又把臉轉向劇作家。增山對這種心情似曾相識。在多半是年輕演員的新劇圈長大的人，很難去適應這些卸妝後全是資深長輩且威嚴十足的歌舞伎演員。

事實上，出席籌備會的主要演員們，在沉默、客氣的態度中，也的確隱約散發一種輕蔑川崎的味道。增山不經意窺見萬菊的臉孔。萬菊內斂地保持矜持，並沒有瞧不起人的樣子。增山看了不禁對他更添一分敬愛。

人都到齊了，劇作家開始描述腳本大綱。其中，萬菊撇開童星時代不談，大概是有生以來第一次飾演男角。

故事描寫權大納言[16]有兒女二人，性格正好相反，因此把他們調換撫養，哥哥

14 易卜生（Henrik Johan Ibsen, 1828-1906），挪威劇作家。被視為現代現實主義戲劇的創始人。
15 金釘流，像釘子歪七扭八排出的醜陋字體。是故意以流派名之的戲謔之詞。
16 權大納言，大納言是太政官的次官，正三品官職，與大臣一同參與政務。權大納言是額外任命的大納言。

（其實是妹妹）歷經侍從之職成為右大將[17]，而妹妹（其實是哥哥）成了宣耀殿[18]的尚侍[19]，後來真相大白，二人恢復本來的性別，哥哥娶了右大臣的第四個女兒，妹妹與中納言成婚，就此圓滿落幕。

萬菊演的角色，是妹妹（其實是哥哥）。雖說是男角，其實只有最後短短的一場演男的，之前一直是以宣耀殿尚侍的姿態出現，當純女方就行了。劇作家與導演都一致希望他在最後結局之前，不用特別展現男性化的演技，完全扮演女人即可。

這個腳本的趣味，在於自我諷刺歌舞伎中的女方身分，尚侍其實是男人，這點與萬菊其實是男人無異。不僅如此。純女方的萬菊為了飾演這個角色，身為男性卻扮演女人的他，必須將日常生活的做法以雙重方式在舞台上展開。不像本來的男角詮釋男扮女裝那麼單純。而萬菊，對這個角色極感興趣。

「萬菊老師的角色最好完全保持女人的姿態。就連最後一幕，也保持女性化沒關係。」

川崎頭一次開口。聲音清朗，帶有爽快的音色。

「這樣嗎？那我倒是很輕鬆。」

「不，那可不輕鬆，絕不！」

川崎斷言。當他這樣用力時，他的臉頰就像點亮燈光般發紅。

在座眾人有點尷尬冷場，增山也不禁看著萬菊。萬菊以手背擋著嘴，恬淡地笑了。於是眾人的心情也為之一鬆。

「那就開始讀腳本。」

劇作家說著，如廉價杯子般厚重的眼鏡後方，看似雙重的凸眼，目光垂落在桌上的腳本。

五

兩三天後，找到每位演員的空檔，開始分別排演。全體一同排演，只有在本月的演出結束後的短短幾天，因此在那之前，該準備好的必須先準備好，否則來不及。

---

17 右大將，右近衛大將的簡稱。近衛大將乃近衛府長官，分左右二大將，從三品官職。

18 宣耀殿，後宮嬪妃的居所之一。

19 尚侍，宮中內侍司的長官。相當於從三品的官職。

分別排演開始後，大家才發現，川崎就像是不慎混進劇場的西洋人。他連歌舞伎的歌字該怎麼寫都不知道。增山必須在旁邊一一向他說明歌舞伎的術語。這點，令川崎變得很依賴增山。最初的個別排演後，川崎首先邀請去喝酒的就是增山。

增山知道站在自己的立場不能一味支持川崎，卻很能夠理解他的心情。這個青年的理論縝密，心態高潔，萬事都像青年人應有的作風，不難理解劇作家為何會欣賞他的人品。這種在歌舞伎世界看不到的真正年輕，讓增山感到心靈得到洗滌。增山的立場，就是設法發揮川崎的這種優點，替歌舞伎增色。

十二月演出結束的隔天起，開始全體一起排演。再過兩天就是聖誕節了。年底街頭的繁忙，透過劇場的窗子與休息室的窗子也可感受到。

二十坪排演場的窗邊，放著粗糙的桌子。背對窗口，川崎與舞台指導（增山在劇團專屬作者室的前輩）坐在那裡。增山退到川崎的身後。演員們坐在牆邊，輪到上場時就去中央，舞台指導會幫忙提詞。

川崎與演員們之間經常冒出火花。

「那個地方，就是『想去河內』這句台詞的地方，請站起來走到舞台右邊的柱子旁。」

「這裡實在很難站起來。」

「無論如何都請站起來。」

川崎苦笑，臉色轉眼之間已因自尊受傷而發白。

「叫我起立辦不到。因為這種地方，應該運氣憋在肚子裡說話。」

被駁斥到這種地步，川崎終於露出強烈的焦躁，緘默不語。

但輪到萬菊時就不同了。川崎叫他坐他就坐，叫他站他就站。溫順如水地聽從川崎的指令。雖然這是萬菊很喜歡的角色，但增山還是感到，萬菊與平時排練的表現大相逕庭。

萬菊的第一場出場結束，再次回到牆邊座位時，增山因故被人叫到排練場外，等他回來不經意一看，以下的情景映入眼簾。

川崎傾身向前幾乎要趴上桌面般凝視排練。長髮垂落也不管。交抱雙臂的燈心絨西裝的肩頭聳起。

他的右手邊有白牆與窗子。年底大拍賣的廣告汽球高掛在北風呼嘯的晴朗冬空。冬天堅硬的、宛如白墨草書而成的雲朵飄過。可以看見舊樓房屋頂的小祠堂與稻荷神社的小小朱紅牌樓。

再過去的右邊牆角，端坐著萬菊。他把劇本放在膝上，露出一絲不亂的端正領口那抹灰綠色。但從這裡能看到的，不是萬菊正面的臉孔，幾乎是側臉。他的眼神分外溫柔，柔和的視線，對準川崎文風不動。

……增山感到輕微的戰慄，本要走進排練場，這時竟踟躕不前。

六

後來增山被叫去萬菊的休息室，穿過熟悉的布簾時，有種與往日不同的情感糾葛。萬菊和顏悅色地坐在紫色坐墊上迎接他，請他吃別人送來休息室的改進堂點心。

「今天的排練如何？」

「唔。」

增山被這個問題嚇到了。萬菊從來不是會問這種問題的人。

「如何？」

「我想照那個狀況應該會很順利……」

「是嗎？我看川崎先生完全施展不開身手太可憐了。××老師和△△老師的說話方式都有點倚老賣老，我看了都捏把冷汗。……你應該明白吧？有些地方我即便自己本來想這麼演，也會照著川崎先生的意思那樣演，哪怕只有我一個人，我也盡量順著川崎先生的意思。因為其他演員那邊，我不能主動開口，我想平日挑剔的我如果安分了，其他的人應該也會發現。如果不這樣做來庇護川崎先生，枉費他那麼賣力工作，你說是吧？」

增山沒有任何情緒波動，默默聽萬菊說這番話。萬菊自己，或許尚未發現自己已墜入情網。他太習慣波瀾壯闊的情感了。至於增山，總覺得萬菊內心產生的某種情懷，實在很不符合萬菊的作風。增山對萬菊的內在期待的，或許是更加透明、更人工化、更具美感的感受方式？

萬菊迴異以往地歪身伸腿側坐。在柔美的姿勢中有種慵懶。鏡子映出景泰藍花瓶插的深紅色寒菊那密集的小花朵，以及萬菊剃得發青的後頸髮根。

——到了舞台排演的前一天，川崎的焦躁，連旁人看了都覺得可憐。排演完畢。他迫不及待地找增山一起去喝酒。增山另有要事。過了二小時後，他才趕往川崎等待的酒館。

雖是除夕的前一晚，酒館還是擁擠混雜。一個人在吧台前喝酒的川崎，臉色很蒼白，他天生就是喝得越醉臉越白。一進門看到那張蒼白的臉孔，增山感到，這個青年帶給自己的精神負擔，似乎不當地過於沉重。二人本就是不同世界的人，況且青年的混亂與苦惱，基於禮貌上，也沒理由這樣一股腦往自己身上傾倒。

川崎最後因為混熟了，開始不客氣地大罵增山是蝙蝠、是雙重間諜。增山只是一笑置之。因為他和這個青年雖然年紀只差五、六歲，但增山已有身在「世故」世界的自負。

不過雖說如此，增山對於沒吃過苦或者吃苦吃得不夠多的人，還是抱有一種羨慕。他對歌舞伎幕後的一般中傷早已不以為意，雖談不上卑屈，但那多少代表了他是個與自我毀滅的誠實無緣的人。

「我已經受夠了。我甚至想等第一天演出揭幕就找個地方躲起來。想到要用這麼討厭的心情面對舞台排演我就忍無可忍。這次的工作是我所經歷過最糟的工作。我已受夠教訓了。以後我絕對不會再跳進這樣的另一個世界。」

「那種事，不是打從一開始就該料到了嗎？這本來就與新劇不同。」

增山冷淡地接腔。結果川崎說出意外的發言。

「我尤其受不了萬菊先生。真的很討厭。我死也不想再參與那個人的演出。」
川崎像在瞪隱形敵人，睨視菸霧瀰漫的酒館低矮的天花板。
「會嗎？我倒覺得那個人演得很好。」
「怎麼會？那個人有哪一點好？排練時，對那種滿嘴牢騷死不聽話，或是擺出威脅態度故意罷工的演員，我還不怎麼生氣，但萬菊先生那樣究竟是什麼意思？他最喜歡以冷笑的態度看著我。他打從心底就不肯妥協，認定我是個不懂事的毛頭小子。沒錯，那個人的確從頭到尾都照我說的做。順從我的只有他一個人。但那反而讓我更惱火。『好啊。你想這麼做那就這麼做吧。但是舞台上我可完全不負責喔。』那個人等於是在沉默中一直如此向我放話。我想不出比那更可惡的罷工行為了。我覺得他才是最陰險狡滑的人。」
增山目瞪口呆地聆聽，但他不敢把真相告訴這個青年。別說是挑明真相了，他甚至不敢讓川崎知道萬菊對他的好感。川崎一下子跳進生活情感截然不同的世界，本來就已經不知該如何做出情緒反應，現在即便聽到這種消息，說不定也會以為那又是萬菊的陰謀詭計。這個青年的眼睛太明亮，即便擅長理論，也無法窺見戲劇背後那陰暗美麗的靈魂。

七

過完年，雖然歷經波折，終於到了戲上演的頭一天。

萬菊戀愛了。那個戀情，首先，已在眼尖的弟子們之間私下傳開。

經常出入休息室的增山，也早就知道，一如化蛹成蝶的毛毛蟲會封閉在繭中，萬菊也已封閉在自己的戀情中。他一個人的休息室，說來等於是那個戀情之繭。萬菊平時本就安靜，雖是正月新年，萬菊的休息室卻似乎變得更加寂靜。

行經走廊時，增山曾隔著布簾，朝萬菊敞開門的休息室偷看一眼。可以看見已經穿上舞台裝，只等工作人員喊他上場的萬菊，坐在鏡前的背影。隱約可見到暗紫色的衣裳袖子，以及塗了白粉的香肩半露，還有烏黑發亮的部分假髮。

這種時候的萬菊，彷彿在孤獨的房間，一心一意紡織東西的女人。她在紡織自己的戀情。無時無刻，都這樣心神恍惚地不停紡織。

增山憑直覺理解到，這個女方的戀愛模型，只有舞台。舞台始終在他身旁，在那裡，隨時都有戀愛在吶喊、嘆息、流血。他的耳朵永遠可以聽見歌頌那戀慕極致的音樂，他那纖巧的身段，不斷在舞台上用於戀愛。從頭頂到腳尖無處不是戀愛。

那雪白的足袋腳尖，袖口隱約露出的褻衣鮮豔色彩，那宛如天鵝的長頸，全都是為戀愛而奉獻。

增山深信，萬菊應是為了培育自己的戀情，才從舞台上那許多的壯闊情感中，主動接受暗示。若是世間一般演員，或許會以日常生活的情感為糧食，讓舞台更加豐富，但萬菊不是這樣。萬菊會戀愛！頓時，雪姬與三輪與雛衣的戀情，紛紛降臨到他的身上。

想到這裡，連增山也感到非同小可。增山打從高等學校就一直憧憬那種悲劇式的情感，舞台上的萬菊把官能封鎖在冰燄中，向來隻身成就那壯闊的情感……如今萬菊就在眼前，在他的日常生活中培育那個。到此為止沒問題，問題是，他選的那個對象，或許的確有幾分才華，偏偏對歌舞伎目不識丁，只不過是個年紀輕輕風采平凡的演出家。他值得萬菊去愛的資格，只不過是身為這個國度的異邦人，而且只是一個終將離去永不復返的年輕旅人。

八

《雌雄莫辨》的評價很好。本來第一天就該躲起來的川崎，天天來劇場指摘缺點，或是經過舞台底下的空間頻頻往返前台與後台，再不然就是好奇地碰觸舞台側邊走道七三[20]之處，行話稱為「鱉」的地下升降機。增山覺得他其實是個有點孩子氣的男人。

報紙專欄讚揚萬菊的那天，增山特地把那份報紙拿給川崎看，但川崎像個好強的少年般緊抿著唇，

「大家的演技都很好。但是那不是演出。」

他只是不屑地這麼說。

增山當然沒有把川崎這種粗言惡語告訴萬菊，川崎也在萬菊面前一本正經，但萬菊對他人的感情太盲目，深信自己的好感已率直地與川崎心意相通，令增山在旁邊看了都急得牙癢癢的。在不了解對方心情的這一點上，川崎也很徹底。唯獨在這點，川崎與萬菊堪稱是半斤八兩的同志。

到了正月七日。增山被叫去萬菊的休息室。梳妝台旁，小型鏡餅[21]與萬菊信奉

的護身符放在一起。明天這個小小的鏡餅，八成也將會被弟子吃掉。

萬菊一如心情好時的慣例，請他吃各種點心。

「剛才川崎先生來了。」

「對，我也在門口見到他了。」

「他還會待在這裡嗎？」

「在《雌雄莫辨》演完前應該會在吧。」

「他有沒有說之後會很忙之類的話？」

「不，那倒沒有。」

「那麼，我想拜託你一下。」

增山盡量擺出公事公辦的表情準備聆聽。

「您請說。」

「那個，今晚，今晚下戲後……」萬菊的臉頰，轉眼升起紅暈。他的聲音比平時更透明，比平時更高亢。「……今晚下戲後，我想請他一起吃飯，你可以幫我問

20 七三，將歌舞伎舞台旁的走道分為十等分，從舞台算過去第三分與第四分之間。

21 鏡餅，將二個大小不同的扁圓形年糕疊在一起，是正月新年祭神的供品。因形似古代鏡子而名之。

問他有沒有空嗎？我想和他單獨聊一聊。」

「唔。」

「不好意思喔。拜託你這種事。」

「哪裡……沒問題。」

這時萬菊的眼睛倏然定住，可以感到他在悄悄窺探增山的臉色。他好像對增山的驚慌很期待，引以為樂。

「那，我就去替您這麼轉達。」

增山說著立刻站起。

——在門口的走廊，立刻與迎面而來的川崎撞個正著，在中場休息的混亂擁擠中，似乎是一種巧遇。川崎的裝扮與熱鬧繽紛的走廊很不搭調。這個青年向來昂然的態度，置身在只是來看戲的成群善男信女之中，顯得有點滑稽。

增山把他拉到走廊角落，轉達萬菊的意思。

「事到如今還要找我幹嘛？還去吃飯？太奇怪了吧。我今晚很閒，時間上倒是毫無問題。」

「或許是要跟你談戲劇的事吧。」

「啐！談戲劇？我已經受夠了。」

這時，增山不知不覺萌生舞台上常見的跑龍套小反派那種廉價的情感，他沒發現自己的言行舉止就像舞台上的人。

「老弟，請你吃飯是好機會，你就暢所欲言，把你想說的全都對他說出來不就好了。」

「可是……」

「難道你連那種勇氣都沒有嗎？」

這句話傷了青年的自尊。

「好。那就這麼辦吧。我早有覺悟遲早有坦白對決的機會來臨。那就請你告訴他，我接受他的邀請。」

……

萬菊在最後一天的最後一幕要出場，所以在閉幕之前都沒空。下戲後，演員們匆匆換裝，如一陣風似地走了。在這種忙亂的動向之外，萬菊穿著絞織和服，圍著樸素的圍巾，正在等川崎。川崎來了，兩手插在外套口袋裡，臭著臉打招呼。

「下雪了。」

每次飾演婢女的弟子，像要報告大事般跑過來，彎下腰說。

「雪很大？」

萬菊把臉貼在和服的袖口。

「不，只是一點點飄雪。」

「那得打傘到車子那邊了。」

「是。」

增山在休息室門口送行，保管鞋子的人周到地替萬菊與川崎把鞋子取來放好。弟子已把傘打開，朝著淡淡的春雪飄落的戶外舉起。

以水泥的暗牆為背景，雪若有似無地飄過，有兩三片雪花飄到休息室門口的脫鞋口地上。

「那我走了。」萬菊向增山道別。微笑的嘴巴自圍巾的後面若隱若現。

「沒事。傘我自己撐。你趕快先去跟司機說一聲。」

萬菊吩咐弟子後，自己撐傘，把傘舉到川崎的頭上。川崎的外套背影，與萬菊的絞織和服背影，在傘下並列時，頓時有幾片淡雪，自傘面反彈似地飛起。

目送他們遠去的增山，感到自己的心中，也有一把黑色巨大的濕淋淋洋傘，砰地一聲撐開了。從少年時代就在萬菊的舞台上描繪，成為幕後人員後也未曾破滅的幻影，在這一瞬間，宛如墜落的纖細玻璃，破碎四散。「如今我終於嘗到幻滅的滋味，所以可以離開戲劇界了。」他想。

但在幻滅的同時，他知道有一種新的嫉妒襲向自己。那種感情會把自己帶往何處呢？增山不寒而慄。

百萬圓煎餅

「和阿姨約的是九點吧？」

健造問。

「對，九點。阿姨本來說要在一樓的玩具賣場等候，但那裡不方便講話，所以我叫她去三樓的音樂咖啡屋。」

清子說。

「這倒是挺貼心的。」

於是這對年輕的小夫妻從後巷慢慢走近新世界大樓，仰望屋頂五重塔的霓虹。

這是個梅雨季節悶熱陰霾的夜晚。雲層低鎖，使得霓虹燈濃重渲染了這一帶的天空。

那座全部以明滅不定的彩光淡色組成的纖細五重塔，非常美麗。每個部分的明滅閃爍不時遍及全體，當它在一瞬間變黑時，留在黑暗中的彩光殘影似消未消，旋即再次亮起的美麗更是別樹一格。無論從淺草六區[1]一帶的哪個角落都能看到，所以它已取代被填平的葫蘆池，成了六區入夜後的地標。

無人能夠企及的完美生活夢想，似乎就純潔地藏在其中，二人倚靠停車場的欄杆，茫然仰望天空半晌。

只穿了一件運動背心的健造，粗糙的褲子底下穿著木屐。他的膚色雖白皙，從肩膀到胸口的肌肉卻很發達，那光潔隆起的肉窩底下，冒出許多發亮的腋毛。清子穿著無袖上衣，腋下因為健造的一再嘮叨剃得很乾淨。但是剃過之後再長出新毛時腋下會刺痛，所以必須神經質地一再剃毛，為此腋下的白淨肌膚有點泛紅。

清子的小圓臉上，散布可愛的眼鼻，似乎被一一用線串起。這張臉孔，令人聯想到從來不笑的嚴肅小動物，人們看到這張臉會立刻信任，卻難以從中引發什麼感想。

她挽著桃紅色塑膠大手提包的手臂上，搭著健造的淺藍色運動上衣。健造喜歡空手走路。

即便看清子簡單的化妝與髮型，也可知道他們過得很簡樸。清子的小眼睛乾淨清澈，對於丈夫以外的男人，她連一秒鐘都不會多看。

二人橫越昏暗的停車場前道路，走進新世界一樓的賣場。寬闊的大賣場中，只見到處都有價廉物美的嶄新商品堆成極彩色的小山，只能從小山的縫隙稍微窺見店

1　淺草六區，位於東京都淺草的著名遊樂區。

員的臉，場內充斥日光燈清冷的光線。鎂合金做的東京鐵塔模型林立的後方，是一整排彩繪東京風景的壁掛鏡面，走過那裡時，每一面鏡子中都可看到對面的成堆領帶與夏衫起伏扭曲。

「如果住在這種一大堆鏡子的房間肯定受不了。多害羞啊。」

「這有什麼好害羞的！」

健造說話的語氣雖然粗暴，但對妻子的發言必然敏感地回答，從來不會隨便漠視。二人不知不覺來到玩具賣場前。

「阿姨真是的，居然知道阿健喜歡玩具賣場。所以才會約我們在這裡碰面吧。」

「呵呵。」

健造喜歡太空火箭與火車還有汽車玩具。他也不買，只是聽著店員的解說，不停把玩，令清子感到很丟臉。於是清子打斷他，拉著他的手臂，走到離賣場貨架略遠之處。

「看你選玩具的方式，就知道你想要的果然是兒子。」

「沒那回事。女兒也一樣好。不過最好早點生。」

「再忍一兩年就好了。」

「沒錯。計畫一定得遵守。」

夫妻倆老早就一心存錢，把存摺分成幾份，分別取了X計畫、Y計畫、Z計畫之類的名稱。生孩子絕對要照計畫來，在X計畫的存款金額達成之前，即使再怎麼想要小孩也得忍耐。二人在各方面都感到分期付款的不利，所以像洗衣機和電視、冰箱，要等A計畫、B計畫、C計畫達成時才以現金購買，其中A與B已經達成。D計畫是小額預算，要買的是並不急著用的衣櫃，因此每次都被擱置到後面，遲遲未能存到目標金額。在那之前健造與清子的衣服只要掛進日式壁櫥就行了，二人都對穿衣打扮沒興趣，只要有防寒的衣物就已足夠。

花大錢購物時，他們非常慎重。會先收集型錄，比較各家產品，四處打聽別人用過後的意見，終於要買時，就去御徒町的批發街購買。

但是生小孩是另一回事。必須立定生活目標，有絕對充足的存款，生下的孩子就算無法拉拔到出人頭地為止，至少做父母的要為孩子準備一個無愧於世間的環境。嬰幼兒的奶粉錢有多麼可觀，健造早已問過有小孩的朋友仔細研究過了。

因為抱著這種理想的計畫，夫妻倆很瞧不起窮人那種過一天算一天的生活態度。小孩應該在理想的育兒環境，透過計畫生育而誕生，況且有了小孩之後，還有更愉快的生活夢想在等著。不過二人的夢想很腳踏實地，絕不好高騖遠。而且總是在眼前看見光明。

現代日本毫無希望——這種青年的想法，是最讓健造生氣的想法。健造向來不會多想，但他擁有一種近似宗教信條的信念，他覺得人就該尊重自然，忠於自然，而且只要努力活下去，眼前必然會有康莊大道。首先應該崇拜自然，夫妻和睦乃其基本，一對男女互相信賴共生，才是讓世界免於絕望的最大力量。

幸好健造深愛清子，所以他對未來寄予希望的生命力，只不過是遵循大自然賦予的條件活下去罷了。別的女人雖也曾引誘他，但那種為玩而玩，總讓他感到「不自然」的味道。還不如與清子互相抱怨蔬菜與魚最近貴得離譜。

——不知不覺二人已邊聊邊繞行賣場一圈了，於是又回到玩具賣場前駐足。

健造的眼前是飛盤發射基地的玩具，他的眼睛盯著玩具不放。鐵皮基地的外表，繪有從窗子窺見的內部複雜機器，司令塔中有閃爍的燈光打轉，塑膠做的藍色圓盤，依照老式的竹蜻蜓原理在空中飛。這個基地似乎是飄浮在宇宙中，接觸地面的鐵皮上，畫了整片星空與雲朵。星星之中也有眾人熟悉的土星環。

閃亮的夏夜星空地板很美。彩色的鐵皮外表看起來冰冷，如果躺在那樣的星空，悶熱的夜晚肯定會立刻暑氣全消。清子還來不及留神阻止，健造已伸指用力把玩基地一角的彈簧。

只見藍色圓盤旋轉著猛然飛向賣場上方。

店員不禁伸手大叫。

圓盤緩緩旋轉著降下，落在對面的零食賣場上。掉落的地方，正好是百萬圓煎餅上。

「這下子中獎了！」

健造盯著圓盤的去向，跑過去天真地高喊。

「中什麼獎？」

清子窘迫地匆匆背對玩具賣場的售貨員，緊追在健造身後問道。

「不信妳看。是在這裡著陸。肯定會有好事。」

圓盤底下的長方形瓦片煎餅，外形就像巨大的紙鈔，在模仿真正紙鈔的烙印上，有「百萬圓」的字樣。模仿紙鈔的印刷紙上，印的不是聖德太子而是禿頭店主的臉，包在玻璃紙包裝的三片瓦片煎餅外。

三片要價五十圓很貴，因此清子反對，但健造說這是好兆頭最後還是買了。一買來立刻撕破玻璃紙包裝，一片給清子，一片自己吃，剩下一片塞進清子的皮包。

略帶苦味的甘甜，自健造堅固的牙齒咬碎的煎餅一角瀰漫口中。清子也毫不遲疑，將手裡的百萬圓紙鈔一角放進嘴裡，像小老鼠一樣小小啃了一口。

健造把剛才的飛盤送回玩具賣場還給售貨員，售貨員不高興地把臉一撇伸出手。

清子擁有弓形隆起的乳房，和嬌小勻稱的體型，但她與健造一同走路時，往往好似躲在健造的身後。過馬路時，他會緊握妻子的上臂，一邊看著左右來車，一邊自豪地將自己親手確認的妻子豐腴肉體帶往對岸。

健造很喜歡女人那種明明自己什麼都會，卻偏要依賴丈夫的扭曲活力。清子不看報紙，卻對周遭一切都擁有不可思議的正確知識。清子無論是拿梳子，翻月曆，或折疊浴衣，完全沒有生活照表操課的感覺，她看起來總像是以充滿活力的身與心，和梳子及月曆、浴衣這些「物質」親密打交道。在這種物質的世界，清子就像在泡澡般深深浸潤其中。

「去四樓的室內遊樂場打發時間吧。」

健造說著，走進正好停下的電梯時，她默默跟隨，到了四樓要出電梯時，卻拉著他的褲子腰帶說：

「喂，不要亂花錢喔。在這種地方，就算每一樣看似便宜，最後加起來還是會讓人付出意想不到的巨款。」

「別這麼說嘛。妳不覺得今晚是個愉快的夜晚嗎？如果當成是看首輪電影，根本不算什麼。」

「什麼首輪電影，根本毫無意義吧？只要等一陣子，就可以用便宜的價錢看到同樣的片子。」

清子對生活的認真很可愛。她噘起的嘴唇，沾了一點百萬圓煎餅的茶色碎屑。

「少來了。難看死了。妳的嘴上還沾著煎餅呢。」

清子立刻跑去旁邊的鏡面柱，用小指的指甲尖摳掉沾黏的碎屑。手中的煎餅，還剩三分之二。

那裡正巧是「海底二萬哩」這個遊樂設施的入口，亂石堆起直達天花板，停在海底岩盤上的潛水艦圓窗，成了賣票的窗口。上面寫著大人四十圓、小孩二十圓。

「四十圓太貴了吧。」清子從鏡中縮回臉說道。「這種唬人的玩意，就算見到假魚，也填不飽肚子，可是如果花四十圓去買菜，無論是柳葉魚或鯛魚，都可以買到一百公克的上等魚肉。」

「昨天我看過，黑鯛的切片也要四十圓呢。算了。啃著百萬圓鈔票，就別說這種不景氣的喪氣話了。」

小小的鬥嘴之後，健造還是買了門票。

「真討厭。都是這種煎餅害的。吃了這個，好像膽子也變得特別大。」

「但是味道還不壞。正好我肚子本來就餓了。」

「你才剛吃過飯又喊餓。」

進去以後，形似車站月台處，可供二人搭乘的小推車，有五、六台分開停放在軌道上。另外還有三、四組客人，但夫妻倆毫不客氣地坐上第一輛車。二人並肩坐下後很擠，健造不得不把手繞到後面摟住妻子的背。

看似車掌的男人板著臉吹響哨子。健造汗水已冷卻的粗壯手臂，緊貼在清子裸露的背與肩。肌膚相觸，就像微妙折疊的昆蟲翅膀，巧妙貼合為一。推車開始徐緩震動。清子露出毫不害怕的表情，

「我好怕。」

清子說。

軌道上的車子隔著一定的間距，駛入黑暗的岩石隧道中。一進隧道就是急劇彎道，轟隆車聲在洞穴的壁面迴響，幾乎刺破耳朵。

「啊！」

清子縮起脖子。原來是放出青色鱗光的大型鯊魚緊貼她的頭上游過。

清子急忙彎身，正巧與年輕的丈夫嘴對嘴。鯊魚游走之後他們又回到黑暗中，只剩下彎過彎道的轟隆車聲，健造的唇準確無誤地找到清子的唇。就像在黑暗中被魚槍射中的小魚。小魚蹦蹦彈跳，然後靜止。

黑暗帶給清子不可思議的羞恥感。要是沒有這車子的劇烈搖晃和轟隆聲，有什麼能支撐她的羞恥？被丈夫摟在懷裡鑽進隧道深處時，清子想到自己的身體曝露在黑暗中不禁滿面通紅。這什麼也看不見、什麼也不被看見的漆黑，反而有種力量讓包覆她身體的東西變得徒勞。清子想起小時候瞞著父母偷偷跑進舊倉庫玩時那裡面的黑暗。

彷彿從那黑暗忽然噴出紅花，眼前清晰閃現火紅的光線，清子又尖叫了一聲。

那是棲息在海底的巨大鮟鱇魚霍然張開的大嘴。周遭，珊瑚與墨綠色海藻的豔麗色彩爭相出現。

健造把臉貼上緊巴著他的清子臉頰，摟肩的手指指尖頑皮地把玩她的頭髮。他那指尖的動作比起車子的速度從容多了，清子知道丈夫不僅在享受這個遊樂設施，也在從容逗弄被這玩意嚇到的她。

「怎麼還不趕快結束啊。人家已經快嚇死了。」

清子說，不過她的聲音，被轟隆車聲蓋過早已聽不清楚。

推車再次駛過黑暗。清子雖害怕，心裡卻有勇氣。只要這樣被健造摟著，她有自信可以承受任何恐懼與羞恥。二人都不曾失去過希望，因此現在很幸福的狀態，多半都充滿與這個類似的緊張。

褐色的惡心大章魚頓時出現眼前。清子再次尖叫，健造迅速親吻她的脖頸。章魚在整個洞穴張開巨大的腳，兩眼放出銳利的電光。

下一個轉角是海底的藻林，孤伶伶站著溺死的屍體。

最後隧道彼方出現光明，車子徐徐減速，頓時擺脫刺耳的回音，出了隧道後，眼前已是剛才那個明亮的月台，穿著車掌制服的男人，把手放在車前欄杆上阻止車子的慣性作用力。
「到此結束了嗎？」
健造問車掌。
「對，沒錯。」
清子扭身，下了月台後，立刻在健造耳邊囁嚅：
「就這樣糟蹋掉四十圓。」
出了出口，二人比較手上沒吃完的百萬圓煎餅。清子的還剩三分之二，健造還剩一半。
「怎麼搞的，和進去之前完全一樣嘛。換言之這表示刺激得沒空啃煎餅。」
「這麼想的話倒是甘心了。」
但這時，健造的眼睛又轉向另一個入口的彩色招牌。魔術樂園這幾個字的周圍環繞燈飾，一群小矮人驚愕瞪大的眼睛是用紅色與綠色燈泡做成的，正在不停閃爍，他們的骨牌衣裳上有金粉與銀粉發光。健造沒有馬上說要進去，一邊啃煎餅，一邊倚著旁邊的牆壁發話。
「剛才進新世界時，不是經過停車場嗎？那邊的泥土路，因為光線的關係，在我們的面前映出清楚的影子。那時我忽然有個古怪的念頭。妳的影子和我的影子之間相距五十公分。那中間，如果出現一個小娃娃的影子，我們拉著那孩子的手走路不知會怎樣。結果，那孩子的影子，好像真的從我們的影子分離出來，在我們的中間出現了。」

「天啊，嚇死人！」

「等我回過神才發現，那只是遠遠經過後方的人影。是那些司機在玩球，有一個人跑過來撿球的影子。」

「噢……可是，將來我們一家三口可以去散步呀。」

「也會帶寶寶來這種地方。」健造指著招牌說。「所以必須先進去事先勘查一下。」

看到健造在賣票口掏錢，這次清子什麼也沒說。

也許是時間不對，魔術樂園很冷清。二人經過隔間牆進去的路徑兩旁，裝飾著燈光閃爍的假花，自動音樂盒的樂聲飄來。

「等哪天我們蓋了房子，就把玄關的走道做成這樣。」

「太惡俗了吧。」

走進自家房子的心情不知會是怎樣？建屋資金目前在二人的計畫中連個影子都沒有，但遲早應該會出現。未來，即便是現在只能當作夢想的東西，屆時想必也會以極為自然的表情出現。……這對平時異常腳踏實地的夫妻，正如清子所言，或許是因為吃了百萬圓煎餅，今晚不由得夢想起很久很久以後的事。

假花上停著巨大的假蝴蝶在吸花蜜。蝴蝶的大小約有公事包那麼大，半透明的紅翅膀上有黃色與黑色的斑點，突出的眼睛是閃爍的小燈泡。從下方投射的光線，令塑膠花朵與草叢宛如大霧瀰漫的夕陽，散發朦朧的光芒。看著像霧氣的也許其實是地板揚起的塵埃。

按照箭頭指示，二人進的第一個房間是「傾斜屋」。地板和所有的家具都是斜的，身體筆直踏進去後，可以感到房間本身帶有惡意的違和感。

「我可不想住這種房子。」

健造把手撐在插有黃漆木製鬱金香的桌上說。這句話聽來頗有國王的氣勢。在他這強硬的斷言之中，他自己或許沒察覺，其實已流露出絕對不容他人對希望與幸福置喙的特權性質。他的希望包含對他人希望的凌辱，他想像的幸福具有不容他人碰一根寒毛的性質，說來其實不足為奇。

不過話說回來，這樣意氣昂揚手撐著傾斜桌子的年輕丈夫，只穿背心的模樣令清子會心微笑。那乍看之下是家庭式的風景。就像是青年利用週日親手打造一間屋子，而且還量錯尺寸出了差錯，導致屋內的窗子桌子都是歪斜的，只能呆站在屋裡對自己生悶氣。

「如果這樣過日子，倒也不見得不能住。」

清子像機器人般張開雙手，身體正確配合屋子的傾斜角度，接近站著的健造。這時清子的臉孔在健造的寬肩左側，像花瓶插的花一樣傾斜。

健造以年輕人特有的作風那樣皺眉笑了一下，親吻妻子傾斜的臉頰，然後粗魯地咬碎百萬圓煎餅……

柔軟的樓梯、晃動的走廊、兩側有鬼出現的獨木橋……穿過這許許多多的異像，二人終於出來時，已經受不了場內的悶熱，啃完一片煎餅的健造，把清子吃不完的塞進自己嘴裡，一邊尋找可以吹吹清涼夜風的場所。

排放木馬的對面有個通往陽台的出口。

「現在幾點了？」

清子問。

「差十五分九點。我們去那裡乘涼，待到九點再走。」

「啊呀口好渴。煎餅太乾了。」

清子抓著健造交給她的淡藍色運動衫，替冒汗的雪白喉頭搧風，一邊說道。

「不是馬上就能喝冷飲了嗎？」

寬敞的露台上夜風很涼爽。健造伸個大懶腰，與妻子一同倚著欄杆。二人年輕的裸臂，在夜露浸濕的黑色鐵欄杆上，親熱地交纏。

「真舒服。比剛才進這裡時涼快多了。」

「傻瓜。因為這裡高呀。」

可以看見遠方眼下沉睡的戶外遊樂園內，無數黑暗的機器。旋轉木馬略微傾斜，空蕩蕩的座椅曝露在夜晚的露水中。摩天輪的黑色鐵架之間，可以看見許多椅子懸浮在半空中隨風搖曳。

與之成對比的，是左方餐館的熱鬧。好似看鳥瞰圖般，可以清楚看見那餐館遼闊的牆內每個角落。就像是戲劇舞台，有好幾棟偏屋、相連的走廊、院子的泉水、石燈籠、和室內部，某房間內用紅布條紮起袖子的女服務生們正忙著收拾碗盤，某個房間有藝妓站著跳舞。每一樣都看得清清楚楚。還有房間簷下掛的成排紅燈籠也很美。那反白的文字很美。

或許是風的關係，聽不見任何聲音，這麼開闊的視野，可以望見彷彿在夏夜沉澱的空氣底層精緻熬製成的，幾乎是神祕的美麗。

清子又提起那浪漫話題。

「那種地方想必很貴吧？」

「那當然貴囉，那是笨蛋去的地方。」

「說什麼綠玉醬好像多風雅似的，其實就是小黃瓜沾醬，賣得一定很貴吧。大概多少錢？」

「不知道，大概二百吧。」

健造從清子手裡接過運動衫套上。清子伸手替他把扣子一一扣上，一邊又說道：

「太誇張了，那不是貴了十倍嗎？現在，就算是最高級的小黃瓜，也只賣三根二十圓。」

「噢？變便宜了嘛。」

「大約一週前就降價了。」

差五分就要九點了，二人離開那裡，尋找下樓去三樓音樂咖啡屋的樓梯。二片百萬圓煎餅已吃光。剩下一片，清子的皮包雖大卻也無法完全容納，煎餅從皮包的鎖扣旁稍微露出一截。

——急性子的阿姨，早在約定時間之前就來了，已在那兒等候。可以清楚觀賞舞台上喧鬧爵士演奏的椅子都坐滿了，只有租借的棕櫚盆栽旁，舞台死角的位子還空著。穿著浴衣獨自坐在那個卡座的阿姨，看起來就和這間店格格不入。

阿姨頗有平民老街的氣質，是個臉蛋乾淨身材矮小的老女人，她不停比手劃腳喋喋不休。能夠輕鬆與年輕人交往是她最自豪之處。

「反正你們會請客對吧？所以我先叫了昂貴的東西。」

阿姨說話之際，高腳杯上堆滿水果切片的聖代已送來。

「啐！傷腦筋。我們要二杯蘇打水。」

阿姨伸出的小指指甲翹起，把湯匙深深挖到底，靈巧地撈起杯底的鮮奶油，一邊一如往常地一個人連珠炮似地講個不停。

「幸好這裡很吵聽不見我們說話。就像我在電話中已稍微提到的，今晚是在中野那邊。而且是普通老百姓的家，你說這不是嚇人嗎？據說是那些太太們的同學會。最近山手區的貴婦們也不容小覷呢。反正她們白天八成是高傲地昂首闊步。……所以，聽了你們的傳聞，指名一定要你們。這種事，年紀太大的人家不喜歡。也難怪啦。……所以我也替你們吹噓了一番。結果，對方說那樣也很便宜，如果中意的話酬勞還可以給更高。反正對方根本不知道市場行情。……不過話說回來，你們可要認真幹喲。我想不用我說你們應該也知道，只要今晚讓人家滿意了，自然也會拉到更多高級客戶。不過像你們這麼有默契的也很少見，這點我倒是很放心，不過你們可別丟了我的面子喲。……不提那個了，總之對方負責主辦活動的太太說，會在中野車站前的咖啡店等候。之後就不方便知道了。為了不讓我們發現地址，從那裡坐上計程車後，會故意繞道，經過奇怪的路徑，雖不至於蒙住眼，但是為了不讓你們看見門牌，會匆匆從防火小門把你們拽進去。感覺雖不好，但對方也有對方的立場所以沒辦法。這點，你們就忍耐一下。……我嗎？等我去了那邊，還是會像以往一樣守在玄關門口。不管誰來都裝傻是我的拿手好戲。……差不多該走了吧？總之你們可要好好表現喔，別怪我囉唆。」

＊

深夜健造與清子和阿姨分手後回到淺草。穿過六區，陰霾的天空下，豔麗的招牌已變黑沉寂。今天異於往常感覺特別累，所以健造的木屐聲幾乎是在路面拖行。

二人不約而同仰望新世界大樓的樓頂。五重塔的霓虹早已熄滅。

「啐！真是討厭的客人。那麼做作的客人還是頭一次碰上。」

清子低頭走路不發一語。

「哪？喂，我說那些人都是做作的討厭老太婆。」

「嗯，但也沒辦法……人家給的錢很多。」

「那些人，從老公那裡弄來錢自己吃喝玩樂。將來就算有錢，妳也不能變成那種女人喔。」

「傻瓜。」

清子在黑暗中露出異樣慘白的笑臉。

「真是一群討厭鬼。」

健造吐口水。口水畫出強力的白弧散落。

「總共多少錢？」

「就這些。」

清子把手伸進皮包，隨手抓出一把紙鈔。

「噢？五千圓啊。頭一次拿到這麼多。阿姨總共拿走了三千。……可惡，要是能把這玩意撕破，一定很痛快。」

清子慌忙從丈夫手裡取回紙鈔，手指碰觸到皮包裡最後一片百萬圓煎餅，遂以溫柔的勸誡口吻說：

「不然你把這個弄破好了。」

健造接過玻璃紙包裝的百萬圓煎餅。把紙揉成一團扔在路上。深夜的路上，搓揉玻璃紙的聲音誇張地響起。

他作勢要用雙手掰碎比手掌還大的百萬圓煎餅。煎餅甜膩的外皮黏在手上。買來到現在已過了很久，已經有濕氣的煎餅，就算想掰碎也已變得柔軟有韌性，越掰反而越產生強韌的抵抗，健造終究未能將它掰碎。

憂國

壹

昭和十一年二月二十八日（亦即二二六事件[1]爆發第三天），近衛步兵第一聯隊勤務武山信二中尉，面對事發以來好友加入叛軍之舉深感懊惱，對於事態必然演變至皇軍自相殘殺的情勢亦感痛憤，遂於四谷區青葉町六號的自宅四坪房間，持軍刀切腹自殺，麗子夫人亦追隨夫君持刀自盡。中尉的遺書只有一句「皇軍萬歲」，夫人的遺書則對丟下雙親先走一步致上歉意，並提及「身為軍人之妻該來的日子終於來了」云云。烈士烈婦的死期，實令鬼神亦為之痛哭。又及中尉得年三十歲，夫人二十三歲，成婚至今尚不足半年。

貳

出席武山中尉婚禮的人自不待言，單是看到新郎新娘合照的人，也會再次為這對俊男美女的組合發出讚嘆之聲。穿軍服的中尉左手持軍刀，右手拎著脫下的軍帽，英勇站立庇護新婚的妻子。他的五官凜然，濃眉大眼，在在將青年的高潔品性與勇武表露無遺。新娘的白色嫁衣之美，言語難以形容。柳眉下的晶亮雙眼，乃至秀麗的鼻子、豐潤的雙唇，皆與她的嬌豔及高貴相映成彰。嫁衣的袖子底下悄然露出握扇的玉指，指尖纖細併攏，宛如夕顏的花蕾。

二人自殺後，人們經常拿起這張照片打量，感嘆這麼完美的一對新人竟暗藏不祥。事後看來，不知是否心理作用，總覺得站在金屏風前的新郎新娘，那清澈的眼中，似乎已看穿近在眼前的死亡。

二人透過媒人尾關中將的介紹，在四谷區青葉町安置新房。說是新房，其實是個附帶小院子一併出租的三房老屋，樓下的三坪房間與二坪餘的房間常年曬不到太陽，因此二樓的四坪寢室兼作客廳，家裡也沒有女傭，只有麗子一個人看家。

因為正逢非常時期，二人並未去蜜月旅行。他們就是在這間屋子度過洞房花燭夜。上床前，信二將軍刀放在膝前，做出頗有軍人風格的訓誡。身為軍人之妻，必須隨時隨地對丈夫的死做好心理準備。那或許會是明天。或許會是後天。他問麗子是否已有惡耗隨時降臨亦不為所動的覺悟。麗子起身拉開衣櫃抽屜，取出母親給她

1 二二六事件，一九三六年二月二十六日，陸軍皇道派青年軍官企圖以武力達成政治改革，率領士官兵發動的失敗兵變。

當作最重要嫁妝的小匕首，與丈夫一樣，默默放在自己的膝前。這下子雙方達成默契，中尉再也不曾試探過妻子的覺悟。

結婚幾個月後，麗子的美麗經過琢磨，如同雨後明月變得更加耀眼。

二人都有健康年輕的肉體，因此房事特別激情，不僅是在夜裡，有時中尉演習歸來甚至等不及脫下沾滿塵土的軍服，一回家就當場撲倒新婚妻子的情形也一再發生。麗子也很配合。從初夜算起還不到一個月，麗子已嘗到箇中歡愉，中尉知道了也很高興。

麗子的身體白淨莊嚴，隆起的乳房，展現強力抗拒的貞潔，可一旦接納對方後，就會泛出被窩裡的溫暖。他們在床上也正經得嚴肅，甚至嚇人。即便在彼此激烈的狂態中也一樣正經。

白天，中尉在訓練的短暫休息時也想著妻子，麗子則是從早到晚追憶良人的身影。不過即便一個人獨處時，看著婚禮的照片也能確認幸福。幾個月前還是路人的男子，如今竟成為她全世界的太陽，她已不再感到不可思議。

這些全都是合乎道德的，也實踐了教育敕語[2]的「夫婦相和」的訓示。麗子從來不曾頂嘴，中尉也找不出責罵妻子的理由。樓下的神壇除了皇太神宮[3]的神符，也供奉著天皇與皇后兩陛下的照片，每天早上，中尉出門上班前會與妻子一同站在神壇下深深低頭行禮。供奉神前的清水是每早重新換過的，供奉神前的楊桐樹枝也常保新鮮。這個世間的一切都受到嚴肅的神威守護，而且處處洋溢令人顫慄的快樂。

參

明明位於齋藤內府[4]附近，二月二十六日早上，二人卻都沒聽見槍聲。只是，十分鐘的慘劇結束後，下雪的破曉響起集合的喇叭聲，打破了中尉的沉睡。中尉跳起來默默穿上軍服，佩上妻子遞來的軍刀，衝向天色未亮的飄雪晨間道路。直到二十八日傍晚才回來。

麗子之後聽收音機的新聞廣播才知道這起突發事件的全貌。之後那二天，麗子

2 教育敕語，明治天皇針對日本教育的基本方針頒布的敕語。
3 皇太神宮，位於三重縣伊勢市的神社。伊勢神宮的內宮。
4 齋藤內府，當時的內大臣齋藤實的府邸。二二六事件當日遭青年軍官攻入，齋藤實被殺。

獨居的生活非常安靜，她一直閉緊門戶待在家裡。

麗子從中尉在那下雪的清晨不發一語衝出家門的臉上，早已看出赴死的決意。丈夫如果就此一去不回，她也已有追隨丈夫於地下的覺悟。她悄悄整理隨身物品。幾件外出服就留給學生時代的朋友當紀念，分別在包裝紙寫上朋友的姓名。平日，丈夫常說不可多想明日，因此麗子連日記也沒寫，失去了仔細重讀這幾個月的幸福記述後再燒掉的樂趣。收音機旁有小陶瓷做的狗、兔子、松鼠、熊、狐狸。還有小花瓶與水瓶。這是麗子唯一的收藏品，用這種東西當遺物也沒用。而且也不可能讓人特地一起放進棺中。於是這些小小的陶瓷動物，開始流露出無依無靠的表情。

麗子拿起其中一個松鼠，仰望遠在自己這種孩子氣嗜好的彼方，丈夫體現的太陽般的大義。自己雖然很樂意被那閃亮的太陽之車拉去赴死，但現在這短暫片刻，一個人也能沉浸在這天真的喜好中。不過自己真正喜愛這些東西其實是以前。現在愛的只不過是過往愛的回憶，心靈正充斥的是更激烈、更狂野的幸福。……而且對於那光是想到便感興奮的日日夜夜的肉體歡愉，麗子從來不曾以快樂名之。美麗的手指，在二月的嚴寒中，保有陶瓷松鼠那種冰凍般的手感，但即便在這當下，只要一想到中尉壯實的手臂伸過來的剎那，麗子整齊穿著銘仙[5]和服的層層衣擺下，便會感到熱度足以融化冰雪的果肉那種濕潤。

腦海浮現的死亡一點也不可怕，丈夫現在所感、所想，他的悲嘆、他的苦惱、他的一切思考，對於守在家中的麗子而言，與他的肉體一樣，她堅信都會帶領自己前往爽快的死亡。那思想的任何碎片，她的身體都能輕易溶入其中。

麗子就這樣豎耳傾聽收音機播報的新聞，得知丈夫有幾名好友都在發起事件的名單中。這是死亡新聞。而且也令她詳實發現，事態已然演變成進退維谷的局面，天皇敕命隨時可能發布，起初為了革命維新而發動的事件，已漸漸被扣上叛亂的污名。聯隊那邊毫無消息。猶有積雪的市內，不知幾時會開戰。

二十八日傍晚，麗子膽戰心驚地聽見猛敲玄關門的聲音。她跑過去，以顫抖的手開鎖。毛玻璃外的影子，雖未吭聲，但她知道一定是丈夫。麗子從未感到拉門的鎖如此難對付。結果越發不順手，拉門遲遲打不開。

門一開，穿著卡其外套的中尉，沉重的長靴已踩著積雪的泥濘進來，站在玄關的脫鞋口。中尉一關上拉門，立刻親手又鎖上門。此舉意味著什麼，麗子不明白。

5 銘仙，平織的絲織品，因堅固耐用又便宜，多半用於女性的家居服或寢具。

「你回來了。」

麗子深深低頭行禮，中尉沒回話。卸下軍刀要脫外套，麗子連忙繞到他身後幫忙。接過來的外套又濕又冷，抹消了曬過陽光的馬糞味，重重壓在麗子的手臂上。把外套掛在衣架上，抱著軍刀，她跟隨脫下長靴的丈夫走進起居室。那是樓下的三坪房間。

明亮燈光下一看，只見丈夫的臉滿是鬍渣，憔悴得判若兩人。臉頰凹陷，失去光澤與彈性。心情好的時候一回來就會立刻換上家居服催著吃晚飯，現在他卻連軍服也不脫，在矮桌前盤腿而坐，垂頭不語。麗子不敢問他是否該準備晚餐。

過了一會，中尉說：

「我都不知道。他們沒找我加入。八成是體貼我剛結婚吧。加納、本間、山口都是。」

麗子想起那幾個丈夫的好友，他們常來家裡玩，都是朝氣蓬勃的青年軍官。

「明天大概就會發布敕命。他們想必會被扣上判亂軍的污名。屆時我不得不指揮部下討伐他們。……我做不到。那種事我做不出來。」

然後他又說：

「我剛才奉命接下警備工作，獲准今晚回家待一晚。明天一早，八成就得出發討伐他們了。那種事我做不到，麗子。」

麗子端坐垂下眼簾。她很明白，丈夫是在訴說如今已唯有一死。中尉的心意已決。每句話的背後都有死亡支撐，因為有這黑暗堅固的支撐，更突顯了語言難以動搖的力量。中尉明明在談論苦惱，話語之中卻已沒有遲疑。

但是，這樣沉默的期間，自有一種宛如溪流雪融的清冽。中尉在長達二天的煩惱後，與自家的嬌妻面對面坐著時，這才感到心情的安寧。因為即便他不說，也能立刻發現，妻子已體會他的言外之意。

「聽好。」中尉睜著數日未眠依舊清澈的眼睛，頭一次正眼看著妻子的眼。「今晚我要切腹。」

麗子的眼睛毫不退縮。

她那渾圓的眼珠流露強烈的鈴聲般的張力。然後她說：

「我已有心理準備。我陪你一起死。」

中尉幾乎被她眼中的力量壓倒。話語如囈語般流暢冒出，連他自己都不明白為何能以輕巧的言詞許下如此重大的諾言。

「好。我們一起走。但是，我希望妳先看著我切腹。可以吧？」

這麼說完後，二人的心裡，頓時湧現被解放的油然喜悅。

麗子很感動丈夫如此信賴她。站在中尉的立場，無論如何都不能自殺失敗。因此一定要有人在旁邊看著才行。他選擇妻子來做這件事是第一種信賴。雖然已許下一同自殺的約定，但他並未先殺死妻子，反將妻子的死放在自己已無法確認的未來，則是第二種更大的信賴。如果中尉是個多疑的丈夫，肯定會像一般殉情自殺那樣，選擇先殺死妻子。

對於麗子說出「我陪你一起死」這句話，中尉感到，這是自己從洞房花燭夜就引導麗子，才能夠讓她在這種場合毫不遲疑說出這種話的重大教育成果。這安慰了中尉的自恃，他並不是一個不知上進的自戀丈夫，不至於以為是愛情讓妻子自發性地說出這種話。

喜悅實在太自然湧上彼此的心頭，於是對看的二張臉自然微笑了。麗子感到洞房花燭夜再次降臨。

眼前沒有痛苦與死亡，似乎只有自由、寬闊的原野一望無垠。

「我燒了洗澡水。你要洗嗎？」

「好。」

「晚餐呢？」

這種對話著實平淡家常，中尉差點陷入錯覺。

「不用吃飯了吧。幫我燙酒好嗎？」

「好。」

麗子起身替丈夫拿洗完澡要穿的棉袍時，打開的抽屜吸引丈夫的注意。中尉起身走過去，探頭看衣櫃抽屜。整理好的包裝紙上一一寫了朋友的姓名。看到妻子如此堅強的覺悟，中尉毫不悲傷，倒有甜美的情緒充斥心頭。他就像做丈夫的看到小妻子展示孩子氣的購物戰利品，只感到滿心的疼惜，不禁自妻子身後抱住她親吻她的脖子。

麗子感到脖子被中尉的鬍渣刺得癢癢的。這種感覺既然純屬現世，對麗子而言就是現實本身，但那轉眼即將失去的感覺，格外新鮮。每一瞬間都得到鮮活的力量，令身體每一處都再次覺醒。麗子穿著足袋的腳尖用力，接受丈夫自背後的愛撫。

「等我洗個澡，喝完酒……聽話，妳先去二樓鋪床……」

中尉在妻子的耳邊說。麗子默默點頭。

中尉粗魯地脫下軍服，走進浴室。聽著洗澡水潑出來的模糊聲音，麗子看看客廳火盆的火勢大小，開始準備燙清酒。

她拿著棉袍、腰帶與內衣去浴室，問丈夫水夠不夠熱。在瀰漫的蒸氣中，中尉盤腿坐著刮鬍子，他那濡濕壯碩的背部肌肉，隨著手臂的動作隱約可見機敏地起伏。

這裡並沒有任何特別的時光。麗子匆忙動手，做出速成下酒菜。手也沒抖，動作比平時還俐落。但是，心底不時還是會閃過不可思議的躍動。就像遠方的閃電，強烈地倏然劃過。除此之外沒有任何地方異於往日。

中尉在浴室一邊刮鬍子，一邊感到身體泡過熱水後，那無處發洩苦惱的疲勞已霍然痊癒，雖然即將死亡，還是充滿愉快的期待。妻子忙碌的動靜隱約傳來。於是這二天遺忘的健康欲望也跟著抬頭了。

中尉有自信，二人決定赴死時的那種喜悅，沒有任何不純粹的成分。當時，二人當然沒有清楚意識到那點，卻再次感到二人之間不為外人所知的正當快樂，被大義與神威、被無懈可擊的完全道德所守護。當二人的目光交流，在彼此的眼中發現正當的死亡時，他們再次被無人可擊破的鐵壁包圍，彷彿披上了他人連一根指頭也碰不到的美與正義做的盔甲。所以，中尉在自己的肉欲與憂國至情之間，不僅沒有發現任何矛盾與衝突，甚至可以將之視為一體。

對著昏暗斑駁、蒸氣濛濛的鏡子，中尉把臉湊近仔細刮鬍子。這將會成為遺容。不能留下沒有刮乾淨的鬍渣。刮過的臉再次閃耀年輕的光芒，甚至照亮了昏暗的鏡子。這明朗健康的臉孔與死亡的連結，說來倒有一種瀟灑。

這將會成為遺容！這張臉孔正確說來已有一半脫離中尉所有，成了死亡軍人紀念碑上的臉孔。他試著閉上眼。一切都被黑暗籠罩，他再也沒有視覺。

中尉洗完澡，光滑的臉頰上還有青色的刮鬍痕跡發光，他在燒熱的火盆旁盤腿而坐。中尉知道麗子趁著忙碌之中已迅速補過妝。她的臉頰亮麗，嘴唇水潤，沒有悲傷的影子。看到年輕的妻子性情如此貞烈的表徵，他感到自己果然選對了妻子。

中尉乾杯後，立刻遞給麗子。從未喝過酒的麗子老實接下杯子，戰戰兢兢舉杯就口。

「過來。」中尉說。

麗子走到丈夫的身旁，被他斜抱住。胸口激烈起伏，悲傷的情緒與喜悅，似乎都混入強烈的酒精。中尉俯瞰妻子的臉。這將是自己在人世看到的最後臉孔，最後一個女人的臉孔。中尉以旅人臨行時眺望再無第二次機會造訪的美麗風光的那種眼光，細細地審視著妻子的臉龐。百看不厭的美麗臉蛋，雖然秀麗卻不冷漠，嘴唇以柔和的力量微微合起。中尉不禁吻上那櫻唇。驀然回神，才發現臉孔絲毫未因欷歔的醜陋而扭曲，緊閉的長睫毛下，卻有淚滴不斷溢出，自眼角晶瑩滑落。

之後中尉催促妻子去二樓的寢室，妻子說洗完澡再去。於是中尉一個人先上二樓，走進瓦斯暖爐烘熱的寢室，在被子上呈大字型躺平。就連這樣等待妻子到來的時間，亦與平日毫無分別。

他將雙手交疊在頭下，望著檯燈照不到的昏暗天花板。他現在等待的是死亡？亦或是欲仙欲死的喜悅？反覆想了又想，又感到分明是肉慾朝向死亡而去。不管怎樣，中尉從未體會過這種渾身自由的滋味。

窗外響起汽車聲。道路的某一邊有輪胎濺起殘雪的傾軋聲。喇叭在附近圍牆回響。……聽著這些聲音，依然忙碌往來的社會汪洋中，似乎只有這裡如孤島屹立。自己憂心的國家，在這屋子的周遭巨大繁雜地擴展。自己就是為此獻身。但這個自己不惜以性命相諫的巨大國家，不知是否真的會對自己的死亡投以一瞥。那樣也好。這是並不華麗的戰場，是無人可以展現功勳的戰場，是靈魂的最前線。

麗子上樓的腳步聲響起。老房子的陡峭樓梯總是吱呀作響。這聲音令人懷念，中尉曾多次在床上等候，聆聽這甜美的吱呀聲。想到以後再也聽不見這個，他格外專心地聆聽，試圖把這寶貴時間的每一瞬，透過那柔嫩腳跟發出的吱呀聲響無限充盈。於是時間大放光彩，宛如珠玉。

麗子在浴衣繫上名古屋腰帶[6]，那腰帶的紅色在昏暗中發黑，中尉伸手放在那上頭，隨著麗子出手相助，腰帶緩緩滑落榻榻米上。浴衣還沒脫下，中尉已把雙手插進妻子的兩腋之下想抱她，把手指插進腋下衣縫裡的溫熱肌膚時，中尉覺得指尖的觸感似乎燃燒了全身。

二人在暖爐的火光前，不知不覺已自然裸裎相對。

雖未說出口，但身與心，乃至騷動的胸口，都湧現「這是最後一次交歡」的念頭。「最後一次交歡」這行文字，彷彿以隱形墨跡寫滿二人的全身。

中尉激情擁抱年輕的妻子接吻。二人的舌頭在對方濕滑的口中處處試探著交

---

6 名古屋腰帶，女用和服的腰帶繫法之一。大正初期自名古屋流行，故名之。

纏，尚未顯現預兆的死亡之苦，彷彿把感覺如同熱鐵般鍛鍊得赤紅。尚未感到的死亡之苦，這遙遠的死亡之苦，精煉了他們的快感。

「這是最後一次看妳的身體了。讓我仔細看個清楚。」

中尉說。然後把檯燈的罩子往後推開，把燈光橫拖向麗子橫陳的玉體上。

麗子閉眼躺著。低矮的燈光，令她莊嚴潔白的肉身起伏格外清晰。中尉基於些許利己的心態，暗自慶幸不必目睹這美麗肉體將要毀壞的模樣。

中尉把難以忘懷的風景慢慢銘刻在心上。一手把玩她的頭髮，一手靜靜撫摸美麗的容顏，在視線所到之處一一親吻。從那有美人尖的安靜、冰冷的額頭開始，柳眉下方被長睫毛保護的緊閉雙眼、秀麗的鼻子、厚薄恰到好處的端正雙唇之間微露的白牙、柔軟的臉頰與伶俐的小下巴……想像這些將是多麼美麗的遺容，中尉一再用力吸吮麗子即將拿刀自裁的雪白喉頭，弄得那裡微微泛紅。最後回到唇上，輕壓雙唇，把自己的唇如輕舟搖蕩般在那唇上晃動。閉上眼，整個世界彷彿搖籃。

中尉目光所見之處，嘴唇便忠實地跟去描摹。高高起伏的乳房，擁有宛如山櫻花花蕾般的乳頭，被中尉含進嘴裡就硬了。胸脯兩側優雅落下的手臂線條極美，那種渾圓順著手臂到手腕逐漸變細越發巧緻，而更前端，是婚禮當天握著扇子的纖細手指。每根手指，在中尉的唇前，含羞帶怯地躲在每根手指的陰影中……從胸部到腹部形成的天然凹陷，柔軟又富有彈力，那預告著通往腰部的豐滿曲線，同時也展現了沒有絲毫鬆垮的肉體端正的規律。遠離光源的腹部與腰部那種潔白與豐腴，就像盛滿大碗的奶汁，特別清潔的凹陷肚臍，猶如剛被一滴雨水強力穿鑿的新鮮痕跡。影子漸濃之處，體毛柔軟敏感地叢生，香花燒焦似的氣味，伴隨身體現在不停的搖晃，在四周散發越來越濃的氣味。

麗子終於以不穩定的聲音說：

「給我看……我也要當作紀念看清楚。」

這麼強烈的正當要求，過去妻子從來沒提過，聽來就像是一直謹慎隱藏到最後的東西終於迸發，於是中尉老實地躺下，把身體交給妻子。搖蕩的雪白肉體優雅起身，照著丈夫剛才做過的也要對丈夫做一遍——這惹人愛憐的心願令中尉發熱，他定定仰望妻子，直到二根白淨的手指似流水般撫過讓他閉眼。

麗子的眼皮發紅，臉頰也火燙，受不了這種疼愛，緊抱住中尉的五分頭。乳房被短髮刺得痛癢，丈夫的高挺鼻子冰涼地埋入，呼吸熾熱地噴灑在乳房上。她抽身，眺望那男子氣概的臉龐。英挺的眉，緊閉的眼，俊秀的鼻樑，緊抿的美麗雙唇……猶有青色刮鬍痕跡的臉頰映著燈光，閃耀柔和的光芒。麗子細細親吻那每一處，接著是粗壯的脖子，隆起的肩膀，彷彿二枚盾牌合在一起的胸膛，以及橘紅色的乳頭。胸肌壯碩的兩側落下濃厚陰影的腋窩裡，茂密的毛髮散發甘美暗鬱的氣息，這氣息的甘美似乎蘊藏青年死亡的實感。中尉的肌膚擁有麥田的光澤，肌肉處處都展現露骨的清晰輪廓，腹肌的線條下方，擠出小巧的肚臍。麗子看著丈夫這年輕緊繃的腹部，毛髮茂密的謙虛腹部，想到這裡即將被殘忍地切開，心疼之餘不禁哭倒在那裡獻上親吻。

躺臥的中尉感到妻子的眼淚落在自己的肚子上，遂有了堅定的勇氣，再怎麼劇烈的切腹痛苦都能忍受了。

藉由這樣的過程，二人嘗到何等極致的歡愉自不待言。中尉悍然起身，用力摟抱妻子因悲傷與流淚發軟的身體。二人瘋狂地互相廝磨左右臉頰。麗子的身體顫抖。汗水濡濕的胸與胸緊緊貼合，年輕美麗的肉體合而為一，幾乎再也不可能分開。麗子叫喊。從高處跌落地獄，從地獄得到翅膀，又再次飛翔到頭暈眼花的高處。中尉一如長途奔跑的聯隊旗手般喘息。……並且，在一度結束後又立刻萌生情潮，二人再次攜手，不知疲倦地一口氣攀上頂峰。

肆

時間過去，最後中尉抽身離開不是因為疲倦。一方面是因為他怕會減弱切腹所需的強大力氣；另一方面，則是怕自己太貪心，會有損最後的甘美回憶。

中尉明確抽身後，一如既往，麗子也溫順地聽從。二人光著身子，手指交纏，一同仰臥，定睛凝視昏暗的天花板。汗水暫時退去，但暖爐的火熱讓他們一點也不冷。這一帶的夜晚很安靜，連車聲都已絕途。四谷車站附近的省線電車及市營電車的聲音，也只在護城河內側回響，在面向赤坂離宮前方大馬路的公園森林遮蔽之下，傳不到這裡。就在這個東京的一角，現在，正有二派分裂的皇軍對峙的緊張感，簡直不像真實的。

二人感到體內燃燒的火熱，一邊回味剛剛嘗到的無上快樂。他們想著那每一瞬間，無止境的接吻滋味，肌膚的觸感，頭暈眼花的每一次快感。但昏暗的天花板上，已有死亡探出頭。那喜悅是最後一次，再也不復返。但，想來，今後縱然再怎麼長壽，亦可確定不會再到達那樣的歡喜，這點二人都有同感。

交纏的指尖觸感，也即將失去。就連現在注視的昏暗天花板的木紋，也將失去。可以感到死亡已逼近身邊。時間不可更替。必須拿出勇氣，主動抓住那死亡。

「好了，開始準備吧。」中尉說。

他的語氣的確毅然決然，但麗子從未聽過丈夫如此溫柔的聲音。

起身後，還有忙碌的工作在等著。

中尉過去從不曾幫忙鋪床或捲起鋪蓋，這時卻快活地拉開壁櫥的紙門，親手把被子收進去。

關掉暖爐，收起檯燈後，由於中尉不在時麗子早已整理過這個房間，打掃得乾乾淨淨，所以除了拖到角落的紫檀木桌，這個四坪房間，與昔日準備迎接貴客的客廳毫無分別。

「我以前常和加納、本間及山口在這裡喝酒呢。」

「大家的確都很會喝。」

「很快就會在陰曹地府與他們相會了。看到我帶妳一起去，一定會被他們奚落。」

下樓時，中尉轉頭面對這個現在燈火通明的乾淨房間。他想起在那裡喝酒、叫囂、天真地吹噓自己拿手本領的一群青年軍官。當日做夢也沒想到有一天自己會在這個房間切腹。

樓下的二個房間裡，夫妻如行雲流水般淡淡地分頭忙於準備。中尉去上廁所，順便去浴室淨身，期間，麗子折起丈夫的棉袍，把整套軍服與剛裁開的六尺白布放在浴室，在矮桌放上寫遺書用的和紙，順便打開硯盒磨墨。遺書該寫些什麼她早已想好了。

麗子的手指按著墨條冰冷的金箔，硯池如烏雲散布一下子變黑了，她不再認為這種動作的重複、這手指的壓力、這低微聲音的重複都是為了死。在死亡終於現身之前，那只不過是平淡刻畫時間的日常家務。但隨著研磨益發滑潤的墨條觸感，以及墨香味，都帶有難以形容的晦暗。

裸身套上整齊軍服的中尉自浴室出來了。他默默跪坐在矮桌前，拿起筆，面對白紙有點遲疑。

麗子拿著整套白無垢[7]禮服去浴室，淨身，化上淡妝，以白無垢的姿態來到客廳時，她看到燈下的白紙上，只寫了「皇軍萬歲　陸軍步兵中尉武山信二」這行

7 白無垢，從裡到外全都以白色製成的和服。通常做為嫁衣或壽衣。

黑字的遺書。

麗子在對面坐下寫遺書時，中尉沉默不語，一臉認真地凝視妻子持筆的雪白手指端正的動作。

中尉攜帶軍刀，麗子在白無垢的腰帶插上匕首，拿著遺書，二人並肩在神壇前默禱後，關掉樓下的燈。中尉在上二樓的途中轉身，黑暗中妻子垂眼跟隨他上樓的白無垢身影，美得令他瞠目。

遺書被並排放置在二樓的壁龕。牆上掛的捲軸本該取下，但那是媒人尾關中將的書法，而且寫的是「至誠」二字，因此最後還是讓它掛在牆上。即便被噴上鮮血，中將應該也會諒解吧。

中尉背對床柱跪坐，把軍刀橫放在膝前。

麗子隔著一張榻榻米跪坐。她全身都是白的，於是唇上刷的淡紅看起來格外嬌豔。

二人隔著一張榻榻米，定定交換目光。中尉的膝前放著軍刀。麗子看了想起洞房花燭夜，不禁悲傷難抑。中尉以壓抑的聲音說：

「沒有介錯[8]在旁，所以我打算切深一點。看起來或許慘不忍睹，但妳不能怕。反正死在旁人看來都是可怕的。千萬不可看了就退縮。知道嗎？」

「是。」

麗子深深點頭。

看著妻子雪白柔弱的風情，即將赴死的中尉嘗到不可思議的陶醉。現在自己將要著手進行的行為，過去從未對妻子展現，是身為軍人的官方行為，是與戰場決鬥同樣需要覺悟，與戰場陣亡同等同質的死。自己現在要讓妻子看的是戰場英姿。

這讓中尉在瞬間陷入奇妙的幻想。戰場的孤獨死亡與眼前美麗的妻子，跨足在這二個次元，具現了本來不可能的二者共存，現在自己將要死去的這種感覺之中，有種難以言喻的甘美。這似乎才是人間至福。能夠讓妻子美麗的眼睛看著自己漸漸死去，就像被馥郁的微風吹拂著死去。在那裡，某種事物得到寬宥。雖不清楚是什麼，但在他人不知的境地，他獲准得到任何人都不被容許的境地。中尉覺得從眼前妻子像新娘子般一身白無垢的美麗身影，彷彿看到自己深愛並且為之獻身的皇室與

8 介錯，陪在切腹自殺者身旁的助手，當自殺者把刀子刺進腹部的同時，介錯者會揮刀砍斷那人的脖子幫助他自殺。

國家、軍旗，那一切的華麗幻影。那些等同眼前的妻子，無論從何處、無論相距多遠，都不斷放射出聖潔的目光，逼視自己。

麗子也凝視丈夫，她認為丈夫即將赴死的身影，是這人世間最美的風景。很適合穿軍服的中尉，那英挺的眉毛，以及緊抿的唇，如今面對死亡，展現了男人至極之美。

「那麼，我們走吧。」

中尉終於說。麗子深深伏倒在榻榻米上行禮。她的臉就是抬不起來。雖然不想流淚弄花臉上的妝，卻無法遏止淚水。

終於抬頭時，隔著淚水模糊看見的，是已拔出軍刀露出五、六寸刀尖，用白布裹住刀身的丈夫。

把裹好的軍刀放在膝前，中尉鬆開膝蓋盤腿而坐，解開軍服領口的扣子。他的眼睛已不再看妻子。他緩緩將扁平的黃銅扣子一一解開。露出淺黑色的胸膛，繼而露出腹部。他解開腰帶，解開長褲扣子。露出六尺丁字褲的純白。中尉繼續鬆開腹部，雙手把丁字褲向下推，右手拿起軍刀的白布握把。就這樣垂下眼注視自己的腹部，用左手把下腹部的肌肉搓軟。

中尉擔心刀子不夠利，於是折起左邊的長褲，稍微露出左腿，輕輕將刀刃滑過。傷口頓時滲出血珠，數條細小的血痕，在明亮光線的照耀下，流向兩腿之間。

頭一次看到丈夫的血，麗子萌生可怕的悸動。她看著丈夫的臉。中尉坦然凝視鮮血。雖知這只不過是暫時敷衍的安心，麗子還是感到了片刻的安心。

這時中尉如鷹隼的利眼強烈凝視妻子。他把刀子繞到前方，抬起腰，上半身迎向刀尖，從軍服聳起的肩膀可以看出，他正全身用力。中尉想一鼓作氣深深刺入左側腹。尖銳的吆喝聲，貫穿沉默的室內。

雖是中尉自己施的力，感覺卻像是被人拿大鐵棍痛毆側腹。一瞬間，只覺頭暈目眩，不知發生了什麼事。五、六寸長的刀尖已埋進肉裡，拳頭握著的白布貼上腹部。

意識恢復。中尉猜想刀子已貫穿腹膜。呼吸痛苦，心跳急劇，在不似自己體內的遙遠深處，宛如大地裂開迸出滾燙的熔岩，湧現可怕的劇痛。那種劇痛以驚人的速度逼近。中尉不禁想呻吟，但他緊咬下唇忍住。

中尉想，這就是切腹嗎？那是一團混亂的感覺，猶如天塌落在頭上，世界翻覆，切腹之前看起來那麼堅定的意志與勇氣，如今彷彿變成一根細小的鐵絲，令人萌生一種必須緊抓著那個不安。拳頭變得濕滑。一看之下，白布與拳頭都已染血。丁字褲也已染成通紅。在如此劇烈的痛苦中，可見的依然可見，存在的依然存在，真是不可思議。

麗子在中尉把刀插進左側腹的那一瞬間，看到丈夫的臉上就像落幕般倏然失去血色。她極力抗拒想跑過去的衝動。總之非看不可。她必須親眼看著丈夫死去。那是丈夫賦予麗子的任務。隔著一張榻榻米的距離，丈夫緊咬下唇忍痛的臉孔，看起來格外鮮明。那種痛苦分毫不差地正確顯現在眼前。麗子束手無策。

丈夫額頭冒出的汗水發光。中尉閉上眼，又試探般睜眼。他的眼睛已失去往日的光輝，像小動物的眼睛一樣天真恍惚。

痛苦就在麗子的眼前，與那種令麗子粉身碎骨的悲嘆無關，彷彿夏日豔陽般燦爛。那種痛苦越來越高大。向上延伸。丈夫已去了另一個世界，他的存在被痛苦還原，麗子感到他已成為伸手也碰觸不到的痛苦牢籠的囚犯。而且麗子不痛。悲嘆是不痛的。想到這裡，麗子覺得自己與丈夫之間，好像被某人豎起一堵無情的高聳玻璃牆。

自從結婚以來，丈夫的存在就是自己的存在，丈夫的呼吸也是自己的呼吸，但現在，丈夫在痛苦中存在，麗子卻在悲嘆背後，找不到任何自己存在的確證。

中尉想把右手直接往回拉，但刀尖纏裹腸子，刀子一動就被柔軟的彈力推出來，於是他發現必須雙手一邊把刀子往肚子深處按壓，一邊來回拉動才行。來回拉。沒有想像中那麼好切。中尉把全身力氣放在右手上拉動。切開三、四寸了。

痛苦自肚子深處徐徐擴散，整個肚子似乎都在鳴響。就像被人胡亂敲響的鐘，隨著自己的每一次呼吸，自己的每一次脈搏，痛苦如一千座鐘一起鳴響，撼動他的存在。中尉已無法再壓抑呻吟。但是，驀然一看，刀子已切開到肚臍下方，於是他產生了滿足與勇氣。

鮮血漸漸得勢，自傷口如脈搏迸出。前方的榻榻米已被血濺得一片血紅濡濕，血順著卡其色長褲的褲褶滑落榻榻米。甚至連麗子的白無垢膝頭，也有一滴血如小鳥飛至。

中尉終於把刀拉到右側腹時，刀刃已變得較淺，露出被脂肪與血液弄得濕滑的刀身，中尉突然忍不住嘔吐，他嘶聲大叫。嘔吐將劇痛攪拌得更厲害，之前緊繃的腹部驟然起伏，將傷口整個拉開，就像傷口嘔吐般，迸出了腸子。腸子不知主人的痛苦，以一副健康而活潑得使人感到討厭的姿態，歡欣鼓舞地滑出來堆滿股間。中尉垂頭，聳肩喘息，他的雙目微睜，滴落一絲口水。肩上的金色肩章閃閃發光。

鮮血噴滿一地，中尉跪在自己的血跡中，一手撐地歪倒。血腥味瀰漫室內，低頭一再嘔吐的動作在肩頭分明表露無遺。彷彿是被腸子擠出，刀身至刀尖早已整個露出，被中尉握在右手中。

這時中尉用力仰身的姿態，堪稱無與倫比地壯烈。由於他仰身的動作太激烈，甚至清楚聽見後腦撞到柱子的聲音。麗子之前一直低著頭，一心一意凝視蔓延到自己膝頭的鮮血，這時被這聲音嚇到不禁抬起頭。

中尉的臉已非活人的臉。他的眼窩凹陷，肌膚乾燥，原本那般美麗的臉頰與嘴唇，已化為乾涸的土色。唯有不堪重負般握刀的右手，像吊線人偶般做出淺淺的動作，試圖把刀尖抵住自己的喉頭。麗子就這樣望著丈夫死前最痛苦、最空虛的努力。被鮮血與脂肪弄得發光的刀尖一再瞄準咽喉，又一再落空。他已沒有足夠的力氣。滑落的刀尖撞上衣襟，撞上襟章。扣子雖已解開，軍服堅硬的衣襟卻動不動就合攏，保護咽喉躲過了刀子。

麗子再也看不下去，她想靠近丈夫，卻站不起來。她在血泊中膝行過去，於是白無垢的下擺染成通紅。她繞到丈夫的背後，幫助他拉開衣襟。顫抖的刀尖終於碰到裸露的咽喉。這一刻，麗子感到自己把丈夫推開，但事實上並非如此。那是中尉自己擠出渾身最後的力氣。他突然把身體朝刀子撲去，刀子貫穿脖頸，伴隨著大量的鮮血，在電燈下，發出冷靜青光的刀尖豎起，一切安靜了。

伍

麗子踩著染血的溼滑足袋緩緩下樓。二樓已悄然無聲。

她打開樓下的燈，檢查火源，關緊瓦斯開關，潑水澆熄火盆裡的餘燼。走到二坪多房間的鏡子前掀起罩子。血跡將白無垢下擺染成華麗大膽的花紋。她在鏡前坐下，腿被丈夫的鮮血濡濕變得冰冷，令麗子顫慄。之後她花了很長的時間化妝。臉頰刷上濃豔的腮紅，嘴唇也塗得豔紅。這已非為丈夫而化妝。這是為剩下的世界化妝，她的刷毛帶有某種壯闊。當她起身時，鏡前的榻榻米已被血浸濕，但麗子不以為意。

然後她去廁所，最後站在玄關的脫鞋口。昨晚丈夫鎖上這裡的門，就是為自殺做準備。她單純思索了片刻。是否該打開門鎖？如果鎖著門，附近鄰居可能好幾天都不會發現二人的死。麗子不希望二人的屍體腐爛後才被發現。還是把門開著比較好。……她打開門鎖，把毛玻璃門稍微拉開一點。……頓時有寒風吹入。深夜的路上空無一人，只見對面房子的樹叢之間，有冰凍的星子璀璨發亮。

麗子任由門開著就此上樓。到處走來走去，已經讓足袋不再濕滑。走到樓梯中段，已可聞到刺鼻的異味。

中尉趴伏在血海中。從脖子豎出的刀尖，好像比剛才更有氣勢。

麗子坦然走過血泊中。然後在中尉的屍身旁坐下。她定睛凝視趴臥在榻榻米上的側臉。中尉像中邪那樣瞪大雙眼。她以袖子抱起他的頭，用袖子抹去他唇上的血，送上最後一吻。

然後她起身，從壁櫥取出嶄新的白毛巾與腰繩。為免衣裾凌亂，她拿毛巾裹腰，再用腰繩綁緊。

麗子坐在距離中尉遺體一尺之處。她從腰帶取出匕首，定定望著乾淨的刀子，伸舌一舔。打磨過的鋼有種微微的甜。

麗子毫不遲疑。想到剛才那樣分隔死去的丈夫與自己的痛苦，這次終將屬於自己，她只有終於可以加入丈夫已占領的那個世界的歡喜。丈夫痛苦的臉上，頭一次出現費解的東西。這次自己將解開那謎底。對於丈夫深信的大義，麗子覺得這次自己終於也能嘗到那真正的苦與甜。過去透過丈夫才能勉強體會到的東西，這次終於可以靠自己的舌頭清楚嘗到。

麗子把刀尖抵住喉頭，用力一戳。太淺了。腦袋嚴重發熱，手胡亂擺動。她用力把刀子往橫拉。口中迸出溫熱之物，眼前被噴出的鮮血幻影弄得一片血紅。她得到了力量，於是將刀尖用力地刺穿咽喉深處。

——一九六〇、一〇、一六

月

1

「大家很吵。都是鄉巴佬。我們三人去教堂喝酒吧。安靜地喝。」

海米那拉說。

「那就安安靜靜地去吧。」

紀伊子說。

「那得買蠟燭。」

披塔說。

三人走出摩登爵士的店後，在深夜十二點多還營業的香菸攤買了十根一根二十圓的蠟燭。罐裝啤酒與可口可樂海米那拉早就買了，裝在大紙袋裡拎著，紀伊子把電晶體收音機塞在牛仔褲的屁股口袋裡。

三人都悲傷難抑，咯咯大笑。披塔今早夢見條蟲穿西裝。一定是胃不舒服。

說到海米那拉，他總是半夢半醒，說話就像在黑暗中摸索著步行般慢吞吞。無人知道他的本名。因為他曾把六顆安眠藥海米那（Hyminal）一口氣連同啤酒灌進嘴裡，所以大家才這麼喊他。

紀伊子每個週末都會跳扭扭舞到天亮。到了週日，就像忽然清醒似地，開始每晚發呆。這個細瘦的女孩，究竟是從哪兒冒出的精力可以連跳十個小時的扭扭舞，實在不可思議。

他們三人，說是朋友的確是朋友，說不是朋友也可說不是。紀伊子與海米那拉和披塔，都只上過一次床。但那等於是一種尷尬的儀式，隔天就忘了。

海米那拉二十二歲，紀伊子十九歲，披塔十八歲。三人都認為自己已經很老了。

他們討厭白天之後有黑夜來臨、所有的紫薇花都是紅色的這種理論。那是鄉巴佬提出的理論。是鄉巴佬信奉的理論。

安眠藥帶來的作用，在讓人說出「那傢伙，嗑藥嗑得很嗨」的感覺中，這堅固的世界也會融化。

好好相處。不知是什麼和什麼好好相處。八成不是人和人吧……

「你的皮包，是塑膠的吧？」

「胡說八道。最近在非洲，聽說有很多塑膠鱷魚呢。」

某人這麼說。是的。塑膠鱷魚的確很多。他們的生活狀態，是合成樹脂的、冰冷野蠻的、漠不關心的生存狀態。但人還是害怕他們。

「有錢嗎？」

「我帶了。」

紀伊子說。紀伊子是有錢人家的女兒，總是有很多零用錢。

「我的剛才又被比爾借走了。」

「他就算借走，頂多也是十五、二十圓吧。比爾借錢最多也不過是一百。也有這種低級的黑鬼。」

比爾是他們常去的那家店的黑人熟客，據說是營區的軍中雇員，卻總是叫窮。比爾的頭很薄。不是那剃得很短的捲髮稀薄，是頭腦的內容稀薄。他當初奉命調職日本時，不小心搭上飛往西德的飛機跑到法蘭克福，所以到現在還要從薪水扣款，償還那筆機票錢，因此他阮囊羞澀，四處向人借錢。

不過，比爾和其他黑鬼（和囉唆又自以為高尚的白人比起來），無論是對店裡或客人而言，都是不可或缺的存在。為了整晚響徹店內的摩登爵士樂，黑人們的夜色肌膚與夜行獸的眼睛、噘起的紫唇、粉紅色的手掌、刺鼻的體臭都是必要的。唯有黑人，能夠讓帶有生鮮光澤的夜晚成形。唯有黑人，能夠在夜晚鏤刻上恐懼與潮濕的乾草味、正經的瘋狂、道道地地的醜陋。

海米那拉與紀伊子還有披塔，都是在那店裡認識的。打從在那間店聽艾拉・費茲潔拉[1]的〈Mellow Mood〉起，他們去向不定的旅程似乎就已開始了。

他們有時會十幾個人成群結隊，趁他們認識的某電視製作人不在家時上門突襲，撬開窗子，在那四坪房間睡滿一地。等到製作人半夜一點結束工作，唯有眼睛還醒著，帶了牌友回來開燈一看，自己的屋子裡居然躺著滿地的人，當下大吃一驚。為了好歹騰出打麻將的空間，他把睡覺的眾人踢開，但是沒有一個人醒來。大家都吃了安眠藥。

就這樣，他們繼續旅行。在都會這個充滿瘴氣的異境，愛倫・坡[2]所謂的「瓦

1 艾拉・費茲潔拉（Ella Fitzgerald, 1917-1996），美國歌手。二十世紀最重要的爵士樂歌手之一。

2 愛倫・坡（Edgar Allan Poe, 1809-1849），美國小說家、詩人、文評家。以懸疑及驚悚小說著稱。

斯燈照亮的巨大蠻荒之境」，他們穿著輕石磨過刷子洗過的牛仔褲，徘徊其中。他們睜著做夢般的眼睛，而且完全沒做夢。他們餓得要命，而且很飽。

——披塔在這種旅行中，保有自己的少年期。他從來不想當大人，只喜歡把自己當成七十七歲的少年。高掛喜字祝壽的少年！老朽不堪，一隻腳已進棺材的少年。

他厭倦白天街上的雜沓與骯髒，他喜歡銀行與百貨公司拉下鐵捲門後，只剩黑暗水泥塊聳立的深夜街頭。這棟只見值班室微光的舊樓房，不知藏著多少老鼠。鼠類的生活。總之肯定有另一種生活。被不安與恐懼、不斷的遁走、美味得令人渾身發麻的罕有誘餌妝點得多彩多姿的生活。

披塔覺得對人類與人生都已瞭若指掌。這世間沒有任何好驚訝的。可為何就是沒有心靈的安靜呢？那和再老的鼠類都沒有心靈的安靜一樣。每天吐一臉盆的感情之血，即便如此還是不會死，對此他已不再驚訝，一度消失無蹤，卻還是拿著幾件流汗時可以替換的內衣去派對，整晚大跳扭扭舞，但當他獨處時，突然間，彷彿被揪住領口似地，襲來漆黑的憂鬱。這世間明明已經沒有任何好驚訝的！

扁平，那才真是扁平的都市。底下匍匐著無數扁平的人類集團。每次朝陽總從那盡頭升起。……披塔很困惑，他質問自己。為什麼自己會是這樣立體、硬糖球式的形狀。啊啊，好想死。好想死。好想沾滿龐大的遺產與糞尿死去。絕對不要年輕英雄式的死法，那和自己一點也不搭調。閒暇太多，於是他仔細修剪手腳的指甲，仔細磨光，再塗上透明的指甲油。他有雙雪白又美麗的手。gaudeant bene nati！（生於幸福的人們該慶幸！）那是在該店邂逅的炫學紳士教他的拉丁格言，天底下還有比這更庸俗更可怕的格言嗎？……不管怎樣，他有雙雪白又美麗的手。若是女人八成會被稱為「玉手王妃伊索德（Isolde）」。但在那層皮膚下，如黎明天空般泛青的男人靜脈正在鼓動。披塔凝視自己這樣的手，不時感到苦惱。

——舉起握著五根蠟燭的手，披塔跑向車前，攔下計程車。看似為養活家庭而操勞的司機面無表情地打開自動車門。

紀伊子坐在二個男人之間。

「我們要去那個教堂，這應該算是第幾次去點燈上供呢？」

2

那座教堂面向青山的電車道，日後八成要改建殺風景的大樓，已經確定很快就要拆除教堂。大概建設公司在教堂的院子一隅搭建小屋，讓管理員一家住在那裡，但夜深後他們也睡了。

建設公司留下這麼健全的管理員是個誤算。他們不知道，這棟已淪為廢墟的建築物，仍試圖保存古早的、反世俗的、不健全的傾向。一旦做過深夜彌撒的建築物，即便成了廢墟後，也依然忘不掉那種壞習慣。

這座歌德式教堂，仍保有堅固的外觀，尖形拱窗在面向電車道的那頭也完好保留了玻璃，纏繞拱壁的長春藤一片青鬱，光是從車窗一瞥，絕不會想到那是無人的寺院。

不知從幾時起，年輕人發現了這裡，成了他們深夜的聚集場所。如果半夜還有人走過這一帶，看到廢墟窗口不時閃現燈火，肯定會悚然一驚。

在這裡第一次舉辦深夜扭扭舞會的，是海米那拉。發現這裡的人是披塔，但他寧願把這裡當作只屬於自己幾人的祕密城堡。他把想法告訴海米那拉後，遭到反對，海米那拉很快就向超過三十人的扭扭舞同好公開這個消息。他總是以量取勝。他需要民眾與社會，至少，是聽從自己想法的集團。他最自豪的就是自己第一個服用的海米那安眠藥已向兩三百人推薦成功。

但海米那拉自己從不跳扭扭舞。他總是倚牆環抱雙臂，深夜也依然戴著墨鏡隱藏鏡片底下正在笑的眼睛，定定望著跳舞的人們。他需要集團與那無目的的動作。他在絕望中睡覺，大家在絕望中跳舞。即便是同樣的絕望，在跳舞的是機械……而海米那拉的是動力。

「在神戶那邊，」紀伊子在車中開口。紀伊子搞不清楚日本地圖，總以為神戶和長崎是同一縣。「聽說有個太太擁有玫瑰園。說到那個人，你們知道嗎？聽說她靠吃玫瑰維生耶。有客人來時，她會自己先吃兩三片給人家看，還說什麼：『第一次嘗試的人，還是淋上醬汁比較順口。』然後澆滿沙拉醬，鼓勵客人當成生菜沙拉吃。你們不覺得玫瑰沙拉很酷嗎？」

「連毛毛蟲一起吃掉更有披頭風格。」披塔說。

「喂，你敢吃毛毛蟲？」

「若是披頭猴子的話。那小子什麼都吃。」

三人想起常去那間店的少年不禁笑了。那是個喜歡穿一身黑的矮小少年，黑上衣黑長褲配墨鏡，此人有項特技，會爬到店裡的凸窗上，攀登柱子，用嘴巴接住朋友丟來的花生米，因此被大家稱為披頭猴子。披頭猴子從不說話。他只是不時露出白牙，無聲地微笑。

——計程車在教堂前停下。車錢是紀伊子付的。

三人沿著人跡稀少的步道，悄悄接近教堂玄關。車道的車子比白天還多。

走上教堂玄關的兩三階石階長滿青苔，石縫生出雜草。身手輕巧的披塔領頭，晃動擋住玄關的釘板。板子下半截的釘子已鬆脫，變得搖搖晃晃。

他比個手勢迅速伏身，鑽過去後，從裡面扳起板門，讓剩下二人更容易鑽過。

三人被休息室的白牆環繞。有月亮的晚上，會從大窗灑落充足的光線，但今晚唯有牆壁朦朧發白，周遭似乎被那陰沉的白色綁住。紀伊子被可樂的空罐絆了一跤。

「還是地下室好。」

海米那拉慢吞吞說。要去地下室，當然也可以走狹小的室內樓梯，不過還是先去院子比較好。

三人來到雜草與瓦礫覆蓋的院子。與本館呈直角的地方，翼廊的大禮拜堂面向院子聳立，尖頂拱窗無依無靠地高高並排，玻璃全都破了。

大家雖因大禮拜堂直接面向電車道的步道一直敬而遠之，卻很喜歡在深夜的天空下，從後院眺望那頹廢壯觀的風貌。

天空布滿即將進入梅雨季的密雲。大禮拜堂看似用許多飛翔拱壁把那雲層巔危地推起。

「快看！快看！」

海米那拉指著遠處禮拜堂的內部大喊。

那黑暗的廣大空間，看似有白翼翩然掠過。

深夜教堂的空曠禮拜堂內，似乎有一群天使穿梭飛翔。翅膀逐一出現，時而掠過天花板，時而停在破玻璃窗邊的裂縫上旋即消失。

那分明是他們發現的神祕，是在他們無聊得無法言喻的扁平世界中，虛假的淺薄觀念，不時閃現的光芒。那和他們聆聽艾拉．費茲潔拉的歌聲時，嘗到的顫慄若是同一種，那麼海米那拉借助安眠藥，試圖賦予這世界的剎那美感也是同一種。

但那為何是神聖的？神聖是堅固的物質，不屬於他們漂浮的世界，就像牙齒更堅固的人，作勢要咬碎的東西。那些天使的翅膀，稀薄、透明、一點也不神聖……換言之是他們這個世界的東西。

而三人，從以前就已心知肚明。那只不過是深夜駛過電車道的無數汽車的車頭燈，自對面沒破的玻璃窗折射進來，在一瞬間四處散落的光芒。

——在通往地下室的樓梯，披塔第一次點燃蠟燭。因為，之前還在管理員住處的視線範圍內，他們擔心燭火會令對方起疑。階梯在腳下浮現一階一階的巨大影子，影子又一階一階退入黑暗中。他們喜歡把世界一下子變得不安定的燭光。

「我也要拿。不公平，我也要。」

紀伊子從披塔手裡搶過一根燭光。這時滾燙的蠟油滴落她的手上，在那塊肌膚形成堅硬的蠟鱗。

每次來時，他們都對這地下室抱著新的期待。那是「美好事物」的住家，是自用的、專用的「未知」。是他們自己，在管理這個場所的神祕。

3

對紀伊子而言，三人這樣共處產生的夢想，其實是二個男人一觸即發的關係下，環繞紀伊子噴濺戰鬥的火花。若是二隻公雞與一隻母雞，事態肯定會如此進展。但他們不是雞，也不是西部片的人物。那種事從一開始就不可能，而紀伊子，也很清楚這點。

然而，為什麼不可能？海米那拉躲在墨鏡後的眼睛，總是微帶茫然，披塔的眼睛，則是不斷游移，很不安定。這二人甚至不肯正視對方。當人們那樣牢牢正視他人，無論是基於敵意或友情，想必都等於是認同他人的存在與他人的世界。說穿了那等於是模仿鄉巴佬的做法。

紀伊子有時希望至少二人之中有哪一個，會在一瞬間，用那種彷彿在櫃子角落找到已經找了很久的東西的閃亮眼神，再次看著紀伊子。但，就連那種程度的事，都從未發生過。

紀伊子每次來這間教堂，尤其是站在通往地下室的樓梯時，總會夢想在這地下室的黑暗中，今晚或許會有男女之間血淋淋的戰鬥，像中世紀的哥布林織畫一樣鋪展開來。

——披塔走下樓梯，高舉蠟燭，在黑暗中前進。即便這麼暗，海米那拉還是沒摘下墨鏡。

地上的水泥碎片，在他們的鞋底吱呀作響。披塔的蠟燭照亮數根粗大水泥樑柱橫越的低矮天花板，順帶也在黑暗中清楚浮現一把寬大的扶手椅。扶手的兩端，已累積厚約一兩寸的蠟油。披塔把一根蠟燭豎在其中一邊，紀伊子也在另一端豎立一根蠟燭。無人坐的椅子，在二支燭光的隨侍下，帶有古怪的威嚴。

「誰要坐？」

紀伊子問。披塔嘻皮笑臉，戴上墨鏡，像是力氣用盡不支倒下般坐下。看起來真的很像蒼白的鬼魂。

海米那拉抱著紙袋佇立在黑暗中。他退後兩三步，撞到布滿塵埃的桌子。桌子與椅子一樣，都是開舞會時被某人搬進來的，還不算舊的辦公桌，在這莊嚴的黑暗中，成了非常鮮明的驚人物像。

「我姐說，上次，她半夜在六本木撿到衣櫃。我姐不是新婚嗎，她和丈夫手牽著手在走路，結果步道中央居然有衣櫃。她說是那種鑲滿黑色鐵釘的古典衣櫃。四周的店全都打烊了，路上杳無人跡，不知為何會有那種東西放在路上。……結果二人就把那個抬回公寓，到現在還在用。」

「家具都是這樣子的。」黑暗中響起海米那拉緩慢放鬆的聲音。「不知為什麼，突然間，就從黑暗中出現了。人的生活真詭異。椅子和桌子和衣櫃，都很清楚那個。所以才會從黑暗中倏然出現。就像大黑貓一樣。」

「我死了。我死了。」披塔渾身顫慄，軟趴趴地坐著，以老人的音色說。「我的遺產有二十億，全都用在扭扭舞會上沒關係。把這座教堂也買下吧。從我這遺體的嘴巴會開出百合，從百合會飛出直升機。直升機會灑下廣告傳單……」

「我撿起那廣告傳單。上面沾滿泥巴，連字都無法辨識。」

海米那拉自黑暗中說。

「那張傳單上是這麼寫的。人形洗衣機，可分期付款，附帶完全脫水機。」

他們本來很想安安靜靜，結果卻變得陰沉，不免令人惆悵。紀伊子打開收音機，深夜播放的爵士音樂流淌而出，披塔與海米那拉分工合作，弄彎水泥粗壁上突出的粗鐵絲後，把剩下的八根蠟燭一一插上去，再分別點燃。地下室頓時成了豪華的禮堂。他們熱愛這種每個聲音與音樂都伴隨沉滯回音的現象。這似乎是這黑暗周遭有某種東西在監視他們、帶來擁護的證據。回音令平凡的話語也變得不凡，令無聊的玩笑也帶有神祕。披塔再次深深窩進椅子，就著燭光仔細比對塗了指甲油的手指。

十根燭光，慢慢爆開，各自擴大光圈，火燄的眨動令四周的黑暗不停浮動。

「忘記焚香了！」

紀伊子大叫。

「對了！要焚香。」

披塔也從椅子跳起來抓起一根蠟燭。

海米那拉跟著雀躍的二人，慢吞吞走到房間的一隅。那裡有個二尺見方的小排氣口，鑲著鐵窗的後方，微微滴落戶外夜晚的光。前方鐵窗上堆積的落葉溢出，落葉已半化為腐葉土。某一格鐵欄杆牢牢卡著一個歪斜的黑色腦袋。那是小貓的頭顱。牠似乎是在受傷後逃進排氣口，掙扎著想進地下室，卻只將腦袋從鐵欄杆鑽進一半就卡在那裡死掉了。

小貓睜著宛如玻璃珠的眼睛，乖巧地閉著嘴，豎起兩隻小耳朵，但頭部的毛已剝落。再仔細一看，可以發現那不是剝落，是被燒得蜷縮。

紀伊子從披塔手裡恭敬接過蠟燭，把燭火湊近貓頭。歪斜的火燄濺出蠟油在小爪子上發出反彈的聲音。貓頭頓時冒煙，在四周瀰漫出一種黑暗執拗的氣味。這正是「他們的」氣味。

「發出熬煮的聲音呢。」

紀伊子語帶亢奮地說。這時她變得敏銳的耳朵，聽見刻意調低音量的收音機播出的爵士樂，變成了理查・安東尼[3]的〈YaYa Twist〉。

「在播YaYa耶！跳舞吧！披塔，跳舞吧！」

披塔把蠟燭交給海米那拉，紀伊子急忙跑去把收音機的音量轉高。他們在水泥地上用力扭腰跳起舞。像鐘擺一樣，左右甩動的腰部與雙手漸漸用力加大擺動的幅度。披塔扭身，紀伊子後仰，跳舞的影子在牆上到處重疊，他們的舞蹈攪動房間，房間似乎也在劇烈搖晃。

3 理查・安東尼（Richard Anthony），法國歌手。

二人帶起旋風舞過牆上大批蠟燭旁邊時，火燄一齊低伏，朝別的方向凌亂燃起。

海米那拉以沉靜厚實的手掌，守護自己的燭火。他那墨綠色的墨鏡上，精巧映現許多燭燄的晃動。他低聲說：「別鬧了。」接著他又說一次。但跳舞的二人聽不見。

海米那拉以咆哮的聲音高喊：

「別鬧了！今晚不是來跳舞的！」

4

在海米那拉的命令下，三人開始喝酒。海米那拉從桌上的紙袋取出罐裝啤酒與可樂排放在地上。他與紀伊子喝啤酒，披塔喝可樂。

他們迅速醉了，披塔甚至喝一罐可樂就醉了。只要想醉立刻就能醉倒。朝著空無一物的空間，猛然邁步，對跳傘部隊的隊員而言，到底又算什麼呢？不管是好是壞，他們就是這樣活到今天的。

「來玩一個遊戲吧。你把我當成某種物品。然後，我必須馬上變成你說的那種東西。接著輪到我來指名。」

海米那拉用喝醉後更加緩慢的語氣說。披塔憑著天生的果斷，把塗了指甲油的手指指向他，當下說道：

「冰箱！」

「好。火腿！」

海米那拉指著紀伊子。

「你是……榨汁機！」

——海米那拉重重盤腿坐下，做出從自己的胸前把門整個拉開的動作。冰箱的門開了，冷空氣頓時外洩，海米那拉的胸前，亮起冰凍的電燈泡，展現空洞的肋骨置物架。紀伊子變成濃豔的火腿。她成了比裸體更赤裸的桃紅色肉塊，軟趴趴地從海米那拉的膝頭爬上胸口，緊貼著不放。

「砰！」

海米那拉關上雙手的門。

披塔煞費苦心，把各種蔬菜水果從自己的頭部放入，然後晃動全身，一再旋轉，一邊試圖做出帶有美妙幻想式色彩的果菜汁。

「應該再加幾顆雞蛋吧。這樣更營養。」

他在自己頭上靈巧地打破一顆隱形蛋。一顆。再一顆。

——然後三人互相拍肩大笑。但牆壁太過明顯的回音，令他們笑到一半就停止。

「這次要變什麼呢……紀伊子是……眼藥水！」

「海米那拉最好當指甲剪。」

「披塔嘛……有了，就當搔癢的不求人吧。」

三人廝打笑鬧，揪成一團，紀伊子伸指朝另外二人的眼睛戳去，海米那拉瞄準另外二人的手腳指甲動來動去，披塔一邊鑽來鑽去，一邊走動著替二人的背後搔癢。然後三人再次大笑。

這種變身的遊戲玩到最後，他們已分不清到底是為何這樣玩鬧。他們每次變身，地球就在瞬間停止，似乎這個世間再怎麼麻煩囉唆的約定都得以免除。現在這個時間睡著的鄉巴佬們，不知自己在夢中依然是鄉巴佬，肯定睡得很熟。海米那拉等人拜安眠藥所賜總是半夢半醒，把身為人類的麻煩全部扛在肩上，然後變得異樣年老。

這時海米那拉以發懵的腦袋，追逐彩虹般的思考。

「現在，鄉巴佬正在睡覺。說到他們在全世界的數量那可就嚇人了。而且大抵上，在這個時間睡覺的可以說全是鄉巴佬。……對了。鑽進他們的夢中吧。我要變成他們夢想的那種愚蠢、低俗、天真、污穢的青春形象。比起變成冰箱，這招更有變身的意義。就讓我們直接化身進入鄉巴佬的可憐鄉愁中，我是二十二歲的年輕人，紀伊子是十九歲的少女，披塔是十八歲的少年。這才是最惡心的變身！這是最醜惡的！是最披頭的！」

披塔與紀伊子，在閃爍的燭光中，凝視海米那拉發表的言論被惡意與令人悚然的猥瑣點綴色彩、滿場飛舞。

最後三人決定試試看。因為沒有其他的事情可做。

披塔還沒有扮演過十八歲的鄉巴佬少年。那種東西超越想像之外，那種人每天早上是以什麼心情刷牙，以什麼心情吃飯，他連想都沒想過。但是，遊戲就是遊戲。無論如何他都得扮演一個十八歲、滿臉青春痘（披塔一顆青春痘也沒有）、純真、清潔、心動與害羞時立刻會臉紅的木訥少年。
「紀伊子小姐……」
他戰戰兢兢喊道。立刻感到背上一寒。
紀伊子忍不住笑得東倒西歪，被海米那拉低聲斥責。
「不行。不許笑！妳認真一點！」
披塔在心裡念著我愛這個少女。但是想到自己曾經抱過的乾扁乳房，這種念頭立刻萎縮。眼前這張臉孔恐怕很難讓人直接愛上吧。不過，玩得精疲力盡的凹陷臉頰抹上白粉，在眼睛的上下方描繪濃黑眼線的少女臉孔，在燭光下看似溺死者。
披塔在心裡念著：怎樣都好，只要去愛就對了。要以愚蠢的一廂情願深信這個女孩就是全世界最美的女人，要深信少了這個女孩的世界很空虛，要深信與這個女孩結婚建立幸福家庭就是自己的夢想……天啊，與其去相信那種事，他寧願相信自己是一台果菜榨汁機還來得更輕鬆。
「現在你們接吻試試。」
海米那拉說。
紀伊子閉上眼，微啟雙唇，故意讓胸部劇烈起伏。披塔碰觸她在地上伸出的手悄然握住。女人的手沾滿水泥粉末，摸起來乾乾粗粗的。

海米那拉依舊站著，被燭光鑲邊的臉孔低垂，以催眠師的口吻說：

「連接吻都不會嗎？真是純潔啊。十九歲的女孩和十八歲的小鬼，在摩登爵士的伴奏下，真是可愛啊，起碼小手要顫抖一下嘛。」

紀伊子的手真的在微微顫抖令披塔吃了一驚。在蠟燭刺眼的火光照射下，他閉上眼。於是只聽見電晶體收音機低微的爵士鼓獨奏。他害怕海米那拉。在海米那拉的陰暗壓力下，他覺得自己好像會化身成一種再也變不回本來模樣的東西。

他渴望更活潑的音樂。把整個世界攪得天翻地覆，絕望的火花到處爆發的那種活潑音樂。……但是閉眼的披塔面前只有無盡的黑暗深淵，現在正因喝了可樂想打嗝。紀伊子的唇在黑暗中，如遠方火災的烈燄般浮現。那是與自己無關的遠方災禍。……可曾有過如此漆黑的現象？每早刷牙的十八歲少年，可曾見過這般黑暗？那種人見到的黑暗，八成如鞋油般，具有遲鈍的色彩……

突然間，披塔嚇得起立。他衝上樓梯，穿過瞭若指掌的黑暗，跑過一樓狹窄的走廊，繼續衝上通往尖塔的螺旋梯。

海米那拉與紀伊子面面相覷，忽感不安，連忙緊追披塔而去。蠟燭在海米那拉的手裡，但火燄隨著奔跑向後倒，幾乎快要熄滅。

要登上尖塔頂端，螺旋梯只到中途，從那裡，還得爬上搖搖欲墜的梯子。披塔眼看著已爬完梯子。

海米那拉與紀伊子在梯子的下方止步。螺旋梯盡頭有黑暗的洞口張著大嘴。梯子從那洞口邊搭在尖塔內壁上，披塔之前的動作，使得梯子仍在微微晃動。只見披塔蜷縮的黑影，遮住了高聳的尖塔窗子的藍色。

「披塔，你在做什麼？快下來。你以為從那裡能看見什麼？」

好一陣子都沒聽到回音，之後才有高亢的聲音在尖塔內壁撞來撞去落下來。

「可以看見月亮喔。」

但梅雨雲依舊低垂，夜已深，二人都知道天空陰霾欲雨。

「少騙人了。」

海米那拉高舉蠟燭說。

「那傢伙本來就是個騙子。」

紀伊子說。然後啐了一聲，噘起嘴，使得嘴唇乾裂的皺紋幾乎被燭影清晰刻畫，再次強勢地說：
「真是討厭鬼。撒謊也該有個分寸。」

解說　三島由紀夫

這次以文庫版的形式出版自選短篇集，令我感到，對於短篇小說這種文學領域，我早已疏遠。我並非跟隨短篇小說的衰亡期這個現代傳播主義的趨勢，像製線工廠縮短工時[1]那樣開始節約短篇創作。是我的心已自然而然遠離了短篇。少年時代，我曾專注在詩與短篇小說，當時籠罩我的那種悲喜，隨著年紀漸增，前者已轉向戲曲，後者似乎也轉向長篇小說。總之，那也是我把自己朝向更有構造性、更多辯、更需耐性的作業推進的證據，顯示出我已需要更巨大的工作帶來的刺激與緊張。

這點，似乎與我的思考方式從箴言型漸漸轉向有系統的思考型不無關係。當我在作品中闡述某個想法時，我變得喜歡慢慢來，寧願多花點時間一步步讓人接受，我開始懂得避免一刀斃命式的說法。說好聽點是思想圓熟了，其實只是性急卻迅速輕捷的聯想作用已隨著年齡漸漸衰退。我等於是從輕騎兵改成重騎兵的裝備。

因此，本書收錄的內容，全是我在輕騎兵時代的作品。不過，雖然這麼一概而論，事實上其中有些作品本身屬於純粹的輕騎兵式，也有些作品已沉悶地朝著重騎兵轉型，完全是為了操練那個才寫的。前者的代表作若是〈遠乘會〉，後者的代表作，就是在我很年輕時（一九四三年）也就是我十八歲時寫的〈中世某殺人慣犯遺留的哲學日記選萃〉了。在這篇簡短的散文詩風格的作品中，出現了殺人哲學、殺人者（藝術家）與航海家（行動家）的對比等等主題，堪稱包含了日後我許多長篇小說的主題萌芽亦不為過。而且，其中也有活在昭和十八年這種戰時，處於大日本帝國即將瓦解的預感下的少年，暗淡又華麗的精神世界的大量寓喻。

至於另一篇戰時作品〈繁花盛開的森林〉，相較之下，我已無法喜歡。這篇寫於一九四一年的里爾克[2]式小說，如今看來分明受到某種浪漫派的負面影響與小老頭似的矯揉造作。十六歲的少年，想得到獨創性卻怎麼也得不到，無奈之下只好裝模作樣。附帶一提，出版社堅持將這本短篇集定名為《繁花盛開的森林》，我只好選了這個。

從戰後的作品中，我毫無懸念地選出了自認為最好的作品。〈遠乘會〉（一九五〇年）是在我的短篇寫作技巧終於成熟的時期，運用平行結構（parallelism）的手法描繪的水彩畫，遠乘會的描寫本身，是我自己參加某個

---

1 縮短工時，工廠為防止生產過剩導致價格下跌，刻意縮短工人的工作時間。

2 里爾克（Rainer Maria Rilke, 1875-1926），德語詩人。對十九世紀末詩歌體裁及歐洲頹廢派文學深具影響。

騎馬俱樂部出遊活動的速寫，這種在實際上沒有任何戲劇化經驗的微細速寫中穿插某個故事的手法，如今已成為我創作短篇小說的一種常用手法。

〈蛋〉（一九五三年六月號．群像增刊號）曾是不受任何評論家與讀者肯定的作品，但這篇模仿愛倫．坡滑稽鬧劇的珍品，成了我個人偏愛的對象。要解讀為是在諷刺「制裁學生運動的權力」是各位的自由，但我的目的是超越諷刺的無厘頭，我的文筆難得到達這種「純粹的荒謬」的高度。

〈過橋〉與〈女方〉、〈百萬圓煎餅〉、〈報紙〉、〈牡丹〉、〈月〉都只是當時矚目的風景或事物刺激了小說家的感性，於是構成一篇故事。其中尤其是〈過橋〉，在技巧上最成熟，我認為在文體中成功融入了某種有趣又滑稽的客觀性，以及冷淡高雅的客觀性。

〈過橋〉描寫的是藝妓世界的勢利、人情與某一面的冷酷，而〈女方〉描寫演員世界的壯闊與鄙俗以及自我本位，〈月〉描寫披頭族世界的疏離與人工化激昂與抒情式的孤獨……這些作品與以前的狂言作者[3]依循「世界定理」的儀式設定的「世界」不同，只不過是偶然興起窺見那個世界後，那種獨特的色調、言語動作、生活方式，宛如水槽中的奇異熱帶魚，在文藻的藻葉之間若隱若現，自然誘發出每一個世界的故事。所以或許就是這樣漫長的時間，以及自然發生性，賦予這三篇小說某種濃厚感與豐饒的韻味。當然，那都是從我個人的「遊戲」產生的。我把自己故意放在一個古典小說家的見地，一邊游弋於各種世界，一邊慢慢觀察，用琢磨過的文體寫短篇，等於是出自我腦中的小說家的紳士主義。至今我仍不免認為，短篇小說就該是這種紳士主義的產物。

不過，這樣的我，不見得都是用這種遊刃有餘的態度書寫所有的短篇。

本書中，〈寫詩的少年〉、〈海與夕陽〉、〈憂國〉這三篇，在乍看純屬故事的體裁下，隱藏著對我而言最切實的問題，當然站在讀者的立場，不必考慮任何問題性，只要享受故事就行了（例如銀座酒吧的某位媽媽桑，就是把〈憂國〉全然當成黃色小說閱讀，自稱整晚難以入眠），這三篇是我非寫不可的東西。

〈寫詩的少年〉中，敘述了少年時代的我與言語（觀念）的關係，道出了我的文學出發點的任性、卻又宿命的起源。在這裡，出現了一個抱著批評家眼光的冷漠少年，這個少年的自信來自自己也不知情的地方，而且從中隱約可窺見一個自己尚

---

3 狂言作者，歌舞伎劇場的專屬劇本作家。

未掀開蓋子的地獄。襲擊他的「詩」的幸福，到頭來，只帶給他「不是詩人」這個結論，但這樣的挫折把少年突然推向「再也不會有幸福降臨的領域」。

〈海與夕陽〉，試圖凝縮展示的是相信奇蹟的到來但它卻未來臨的那種不可思議，不，比奇蹟本身更加不可思議的主題。這個主題想必會是我終生一貫的主題。當然人們或許會立刻聯想到「為何神風不吹」這個大東亞戰爭[4]最可怕的詩意絕望。神助為何沒有降臨——這個，對信神者而言是最終也是最決定性的疑問。不過，〈海與夕陽〉並非直接將我的戰時體驗寓言化。毋寧，於我而言，最能闡明我的問題性的其實是戰爭體驗，「為何當時海水沒有一分為二」這個等待奇蹟的命題對自己是不可避免的，同時也是不可能達成的，對此，想必早在〈寫詩的少年〉這個年紀，應該就已有明顯的自覺了。

〈憂國〉的故事本身只是二二六事件外傳，但〈憂國〉描寫的性愛與死亡的光景，情色與大義的完全融合與相乘作用，堪稱我對這人生抱以期待的唯一至福。然而，可悲的是，這種幸福極致，或許終究只能在紙上實現，即便如此也無妨，身為小說家，能夠寫出這篇〈憂國〉，或許我已該滿足。以前我曾寫道：「如果，忙碌的讀者只能選讀一篇三島的小說，想把三島的優劣一次通通濃縮成精華的小說來閱讀，那我希望讀者選讀的是〈憂國〉。」這種心情至今不變。

話說，前面的〈蛋〉也是一例，我個人也偏好全憑知性操作的小故事（conte）類型。在此，作品本身連看似主題的主題都沒有，就像被拉向一定效果的弓，保有徹頭徹尾的緊繃形式，當它被射進讀者的腦中，如果命中了等於是「聊以取樂」。同時，若能構成西洋棋棋手體會到的那種知性緊張的一局，構成毫無意義的一局，則余願足矣。〈報紙〉、〈牡丹〉、〈百萬圓煎餅〉這類小故事，就是我基於這種意圖寫成的短篇中，選出的較佳之作。

一九六八年九月

4 大東亞戰爭，日本對第二次世界大戰時在遠東和太平洋戰場的戰爭總稱。日本戰敗後，這個名稱被視為與軍國主義有關，已改稱為太平洋戰爭。

憂國

作　　者　三島由紀夫
譯　　者　劉子倩
主　　編　呂佳昀

總 編 輯　李映慧
執 行 長　陳旭華（steve@bookrep.com.tw）

出　　版　大牌出版 / 遠足文化事業股份有限公司
發　　行　遠足文化事業股份有限公司（讀書共和國出版集團）
地　　址　23141 新北市新店區民權路 108-2 號 9 樓
電　　話　+886-2-2218-1417
郵撥帳號　19504465 遠足文化事業股份有限公司

封面設計　莊謹銘
排　　版　新鑫電腦排版工作室
印　　製　成陽印刷股份有限公司
法律顧問　華洋法律事務所　蘇文生律師

定　　價　380 元
初　　版　2014 年 12 月
四　　版　2023 年 9 月

電子書 E-ISBN
9786267305713 (EPUB)
9786267305706 (PDF)

國家圖書館出版品預行編目資料

憂國 / 三島由紀夫著 ; 劉子倩 譯 . -- 四版 . -- 新北市 : 大牌出版 , 遠足文化發行 , 2023.09
296 面 ;14.8×21 公分

ISBN 978-626-7305-76-8 (平裝)

861.57　　112011544